AF359878

LA RAPINIERE

OU

L'INTERESSE,

COMEDIE.

Par M.r *DE BARQUEBOIS.*

Avec les Vers retranchez.

Se vend

A PARIS,

A la Porte de la Comedie.
Et au Palais,
Chez Estienne Lucas Marchand Libraire
dans la Sale neuve, à la Bible d'or.

M. DC. LXXXIII.

AVEC PRIVILEGE DV ROY.

PREFACE.

IL est bien difficile de reprendre les vices & de plaire en même têms aux vicieux. Quelque art que l'on employe, pour cacher l'amertume de la cenfure, les perfonnes qui trouvent quelque utilité dans leurs deffauts, n'écoutent que la voix de leurs paffions, & font comme ces malades cacochimes, qui ne pouvant faire un bon ufage des remedes, à caufe de leur mauvais tempérament, infultent à l'art du Médecin, & rejettent fur luy la caufe de leurs maladies incurables.

C'eft pourtant le but de la Comédie, de purger les paffions, c'eft à dire de corriger les deffauts en divertiffant. Horace a bien remarqué de quelle conféquence étoit cette maniere de reprendre: *a* Et nôtre Satyrique moderne allant encor plus avant, *a* bien ofé dire.

b *Et qui ne craint point Dieu, craint Tartuffe & Moliere*

Cette entreprife eft d'autant plus difficile, que le nombre de ceux qu'on attaque eft grand, & d'autan plus hazardeufe, que ce gens font puiffan par leur intrigues & par les raifons qui attachent plufieur perfonnes de crédit à leurs intérêts.

On m'a donné avis que de certaines gens, qui on creu être intéreffez dans la repréfentation de cet piece, ont employé tout ce qu'ils avoient de pou voir & d'amis, pour la faire deffendre, ou du moi pour en empécher la reüffite. Mais malgré leur c bale, je puis dire fans vanité, que jamais Piece n plus diverti la Cour depuis long têms ; & l'on a veu fort peu de cette efpece dans Paris, qui ait une plus grande affluence d'auditeurs.

Les Critiques de profeffion, qui fe font fait une bitude de ne rien approuver, avoient qu'à la vé

a *Omne tulit punctum qui mifcuit utile dulci.* Hor. A

PREFACE.

il y a de fort beaux endroits dans cette Piece, mais
qu'il y en a de bien foibles. A cela je répons, que le
theatre est un tableau, où l'on représente les mœurs
& les actions des hommes, que c'est le contraste &
le prudent ménagement des clairs & des ombres
qui fait la beauté d'un tableau, & que si tout y étoit
d'une égale force, on n'y discerneroit plus ny re-
liefs, ni contours, ni saillie ni enfoncement; mais
ce ne seroit plus qu'une peinture plate, desagréable
& sans goût. Ils disent que les actions qui finissent
les II. III. & IV. Actes sont trop triviales, plus
propres pour le théatre des Italiens, que pour celuy
des François, & que je pouvois facilement m'exem-
ter de les y faire paroître. Et moy j'ay creu que mes
valets déguisez devoient faire ainsi des fourberies
burlesques à des fripons de Commis, qui veulent
sans aveu, faire des exactions impertinentes & ridicules. D'ailleurs la Scene étant en Italie, j'ay trouvé à propos de suivre le génie du Pays.

Ie sçay que bien des gens ont fait de malicieuses
applications de mes pensées à plusieurs personnes qui
sont dans les Fermes du Roy, & qu'ils ont creu en
voir des portraits fort fideles. Mais je leur déclare
que je ne connois pas un de ces Messieurs, & que si
j'ay rencontré à les faire ressembler, c'est un pur effet
d'hazard.

D'autres prétendent, que les exactions qu'y font
les Commis, sortent du vray-semblable, & qu'elles
sont trop outrées. A celà, je réponds que l'Italie
est le Berceau & l'Academie des Impôts; qu'il
n'y a point d'Etat dans l'Europe, où ils se payent
avec tant d'éxactitude, & que s'ils avoient leu le
Chapitre des Richesses de Genes, ils y auroient
leu que * *des moindres choses qui entrent dans Genes,
ises des Iardins & des Vignes, on en paye le droit au
rince & à la Seigneurie.*

** Daviti chap. de Genes.*

EXTRAIT

Extrait du Privilege du Roy.

PAr grace & Privilege du Roy, donné à Versailles le 17. Decembre 1682. Signé, Par le Roy en son Conseil, D'ALENCE', & scellé. Il est permis au sieur de Barquebois, de faire imprimer une Piece de Theatre, intitulé, *Monsieur la Rapiniere ou l'Interessé* : Et défenses sont faites à toutes sortes de personnes de l'imprimer, vendre ni debiter, sinon ceux qui auront droit de luy, & ce pendant l'espace de six années. A peine de mil livres d'amende, & autres peines portées par ledit Privilege.

Registré sur le Livre de la Communauté, le vingtiéme Janvier 1683. Signé, *C. ANGOT, Syndic.*

Et ledit sieur de Barquebois a cédé son Privilege à ESTIENNE LUCAS Marchand Libraire, pour en joüir suivant l'accord fait entre eux.

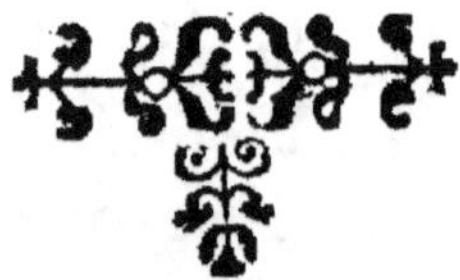

ACTEURS.

M. LA RAPINIERE, Fermier général des droits de la République de Genes , amoureux de Léonore, tuteur du frere & de la sœur.

DORANTE, frere de Léonore, amant d'Isabelle.

LEONORE, sœur de Dorante , amante de Fernand.

FERNAND, frere d'Isabelle , amant de Léonore.

ISABELLE, sœur de Fernand , amante de Dorante.

M. LE BLANC , sous-Fermier.

BEATRIX , suivante de Léonore.

LA ROCHE, Commis de M. la Rapiniere.

JASMIN , valet de Fernand , & Commis de M. la Rapiniere.

MASCARILLE , autre valet de Fernand.

LA FLEUR , Sergent de la Compagnie de Fernand.

LE CLERC du Notaire.

UN CROCHETEUR.

OLIVE , blanchisseuse.

UNE PAYSANE.

La Scene est à l'une des Portes de Genes.

LA RAPINIERE

OU

L'INTERESSÉ.

COMEDIE.

ACTE I.

SCENE PREMIERE.

FERNAND, DORANTE.

FERNAND.

Uy, puisqu'ainsi pour moy vous voulez
vous commettre,
Avec un tel secours j'ose tout me pro-
mettre :
D'un bizare tuteur les transports outrageans
Céderont aux efforts de vos soins obligeans,
Et je sens que mon cœur animé d'espérance
S'en fait secrétement un plaisir par avance.

A

DORANTE.

Fernand je suis ravy , pour répondre à vos vœux,
Qu'une pareille ardeur nous enflamme tous deux ,
Que nôtre sang d'accord avec l'amour conspire
A nous donner les biens, où cette ardeur aspire,
Et que pour affermir encor nôtre amitié ,
Ils travaillent tous deux aujourd'huy de moitié.
Vous aimez Leonore & moy j'aime Isabelle ,
L'une & l'autre à nos yeux paroist aimable & belle,
Et j'espere que l'une au plus tard dans demain
Pourra m'acquérir l'autre, en vous donnant la main.

FERNAND.

Dorante cependant , Monsieur la Rapiniere
Est un homme bâty d'une étrange maniere ;
Et dequoy qu'aujourd'huy mon cœur s'ose flatter,
Quand je songe qu'il est....

DORANTE.

        Il n'en faut point douter.
Le pouvoir que sur nous luy laissa nostre mere ,
De disposer de nous comme feroit un pere ,
M'a fort embarassé depuis un certain têms ;
Mais devenu majeur , desormais je prétens
Du destin de ma sœur être à mon tour l'arbitre :
Le sang & mon employ m'en donnent un bon ti-
    tre.
Nous avons des amis , & sur ce testament
Le Sénat nous rendra justice assurément.
Tout ce que j'appréhende , est que si l'on l'irrite,
Il ne donne son bien . & ne nous deshérite.

FERNAND.

Hé , Monsieur, qu'avez-vous affaire de son bien ?
Vous en avez assez , sans attendre le sien.
Faut-il qu'à ces égards vôtre raison s'applique ?
Déja vous tenez rang dans cette République ,
Et Genes quelque jour sçaura mieux s'acquiter
De ce qu'un pere & vous avez sçû mériter.

DORANTE.

D'un si frivole espoir je ne suis point capable,
Et ce n'est point ce soin aujourd'huy, qui m'accable.
Les services d'un mort sont bien-tost effacez,
Et les miens sont assez déjà recompensez.
Je songe à ménager un tuteur trop avare;
Mais il est devenu si dur & si bizare,
Depuis qu'en ses conseils, certain Monsieur Griffon
L'anime, comme luy, de l'esprit du Démon;
D'un tel original imitateur fidele,
Il se compose en tout, sur ce méchant modele.
Le titre fastueux de Fermier Général
Le rend de jour en jour mille fois plus brutal:
Il ne veut, voir personne, & son abord farouche
Glace les plus hardis, & leur ferme la bouche.
Il donne en certains jours, par un faste inoüy,
Comme un homme d'Etat, audience chez luy.
Là, d'un grave maintien, & d'un regard sauvage,
Il reçoit des Commis les respects & l'hommage:
Il y traitte ces gens, comme autant de captifs.
Tous ses mots sont autant d'Arrêts définitifs.
Les présens sont chez luy les patrons & les guides,
Et l'on n'ose venir luy parler, les mains vuides.

FERNAND.

Mais comment vôtre mere a-t'elle pû choisir
Cet homme ?...

DORANTE.

Il étoit seul fait selon son desir.
C'étoit son bon parent, prudent, sage, œconome,
Et jamais à son goût, ne fut plus honnête homme.
Luy seul sur son esprit avoit quelque pouvoir.
Vous ne sçavez pourquoy ?

FERNAND.

Non.

DORANTE.

Vous l'allez sçavoir.

Par là, de sa famille elle se montroit digne ,]
Fille de Partisan , mais partisan insigne ,
Dont l'esprit inquiet mettoit tout son repos
A faire des partis , & forger des imposts ,
Et dont le cœur avare & l'ame devorante ,
Dans vingt ans épargna vingt mil écus de rente :
Fille unique , en un mot c'étoit un grand party.

FERNAND.

J'entens.

DORANTE.

Mon pere fut en secret averty ,
Que le sien redoutant les Syndics de l'Office ,
Quelque taxe , un exil , ou peut-être un supplice ,
Souhaittoit prudemment , pour en parer les coups ,
Dans les gens de faveur luy choisir un époux.
Vous sçavez qu'il étoit d'une famille illustre ;
Ses services encor en augmentoient le lustre ;
Mais les biens qu'il avoit reçeus de ses parens ,
Pour son ambition n'étoient pas assez grands.

FERNAND.

Beaucoup d'honnêtes gens ont ce malheur.

DORANTE.

Mon Pere

Etant en cet état , épousa donc ma mere ,
Préférant l'intérêt à la naissance , au sang ,
Afin d'avoir dequoy soûtenir mieux son rang.
Il fut bien-tost aprés Gouverneur de Savonne ,
Puis de Corse , & par tout payant de sa personne ,
Des Galeres ensuite , il fut fait Général ,
Et l'on parloit déjà de le faire Admiral ,
Quand un coup impréveu , de nos destins contraires,
Luy fit trouver la mort en suivant des Corsaires.
Ma mere dont les soins ne tendoient qu'à gagner ,
Et dont les entretiens n'êtoient que d'épargner ,
Eut un veuvage court : dans la cinquième année
Elle vid tout à coup trancher sa destinée ,

Et pour comble de maux, nous donna pour tuteur
Monſieur la Rapiniere.

FERNAND.

Ah juſte ciel !

DORANTE.

Ma ſœur
Fut dans ce teſtament la plus intéreſſée ;
Car elle la ſoûmit à l'humeur inſenſée
Du brutal, luy donnant ſur elle un plein pouvoir,
Voulut qu'il prît luy ſeul le ſoin de la pourvoir ;
Et pour pouſſer enfin, l'erreur juſqu'à l'extréme,
Qu'il eût encor le choix de l'épouſer luy-même.

FERNAND.

O Dieux ! vid-on jamais plus grand aveuglement :
Hé, ne pourroit-on pas caſſer ce teſtament ?

DORANTE.

Comment ? de nos parens n'eſt-il pas le plus proche,
Par ſa femme ?

FERNAND.

Il eſt vray ; mais eſt-il ſans reproche?
Et le Sénat peut-il authoriſer ce choix ?
Mais dites-moy, ſon nom marque qu'il eſt François.

DORANTE.

Il eſt vray, c'eſt un poinct encore que j'oublie.
Depuis vingt ans, au plus, il eſt en Italie :
Ne pouvant demeurer en France en liberté,
Il vint icy chercher un lieu de ſûreté.
Ce que j'en ſçay de plus, c'eſt qu'on dit que ſon
pere
De Baſſe-Normandie étoit originaire,
Qu'il s'étoit fait Prevoſt de la ville du Mans ;
Ainſi tous ſes parens ſont Manceaux ou Normans.

FERNAND.

Comment ? il eſt donc fils de ce la Rapiniere
Dont je liſois encor la ſemaine derniere

La ridicule histoire & la haute valeur ?
Je ne m'étonne plus, étant fils de voleur,
S'il aime tant à prendre.

DORANTE.

Enfin ouy, c'est luy-même.
Je me suis mis en tête un certain stratageme…
Avez-vous un valet, qui soit adroit & fin ?
Et qui puisse…

FERNAND.

Ouy, j'ay là Mascarille & Jasmin,
Qui sont tous deux adroits, autant que l'on puisse
   être.

DORANTE.

Appellez-les.

FERNAND.

Jasmin, Mascarille.

SCENE II.

FERNAND, DORANTE, MASCARILLE, IASMIN.

MASCARILLE.

Mon Maître.

JASMIN.

Dy-donc Monsieur, benest, & connois ton erreur:
On te croira valet de quelque laboureur.
Mon Maître, il est aisé de voir à ton langage
Que tu viens de quitter fraîchement ton Village.

MASCARILLE.

Pourquoy ? mon Maître, hé bien, ne l'est-il pas ?

JASMIN.

D'accord.

MASCARILLE.

De l'appeller ainſi, je n'ay donc pas grand tort.

JASMIN.

Tu dois parlant à luy, dire Monſieur ; aux autres,
Parlant de luy, mon Maître.

FERNAND *à Dorante.*

He bien ?

DORANTE.

Les bons Apôtres !
Ma foy, ces deux garçons valent leur peſant d'or.
Sçais-tu bien écrire.

JASMIN.

Ouy : Car deffunt Barbedor
Fameux Maître à Paris, fut parrain de mon Pere,
Et de plus bon amy, dit-on, de ma grand-mere.

DORANTE.

Ah ! c'eſt aſſez, pour être un célebre écrivain.

JASMIN.

On m'a dit que mon pere apprit de ſon parrain,
Qu'il ſe rendit expert, ſçavoit l'Arithmétique,
Parloit fort bien Latin, entendoît la pratique,
Ayant écrit long têms dans un des Châtelets,
Et ſçavoit tous les tours que l'on fait au Palais.
Or, comme un fils bien né tient toûjours de ſon
        pere,
Jugez par-là, Monſieur, de ce que je ſçay faire.

DORANTE.

On peut laiſſer ſes biens ſans ſes perfections,
Et ſouvent cette regle a des exceptions.

JASMIN.

Il eſt vray ; mais on peut être fait de maniere,
Que l'eſprit . . . . .

DORANTE.

Connois-tu Monſieur la Rapiniere ?

JASMIN.

Ce Partiſan, chez qui vous demeurez.

DORANTE.

Ouy.
JASMIN.

Non.

J'en connois feulement la demeure & le nom,
Pour avoir quelquefois par l'ordre de mon Maître,
Eté vous y trouver, ce que j'en puis connaître.
Deplus, c'eft fon renom d'infigne maltoftier,
Et de Feffe-mathieu, c'eft-à dire ufurier,   [che,
D'être en argent comptant un Créfus, mais plus chi-
Et plus vilain cent fois encore qu'il n'eft riche.
Mais pardon, car peut-être eft-il de vos amis.

DORANTE.

Je te veux aujourd'huy faire un de fes Commis.

JASMIN.

De fes Commis, Monfieur? quoy, de ces rats de
    caves?

DORANTE.

Non,non,de ces Commis qui font toûjours fi braves,
Qui reçoivent l'argent, & qui dans leur Bureau
Sont fi fiers, qui jamais ne touchent le chapeau,
Quand on vient leur parler, & qui font moins de
    compte   (Comte,
D'un homme comme moy, d'un Marquis & d'un
Dont ils font quelquefois au befoin careffez,
Que du moindre laquais de leurs Intéreffez.
Qui deviennent Fermiers au Bail fuivant.

JASMIN.

La pefte!

Et combien par année aurai-je bien de refte?

DORANTE.

Pour leurs appointemens, on leur donne,dit-on,
Huit cens livres au moins, & le tour du bâton,
Ce font certains profits qu'on reçoit en cachette,
Dont l'on ne charge point le livre de recepte,
Et qui valent fouvent encor trois fois autant.

JASMIN.

Mais de cecy mon Maître est-il bien consentant?
Monsieur, qu'en dites-vous?

FERNAND.

       Va, laisse-toy conduire.

DORANTE.

Suy-moy, vien, & de tout j'aurai soin de t'instruire.

SCENE III.

FERNAND, MASCARILLE, FERNAND.

QUEL dessein peut avoir Dorante en tout cecy?

MASCARILLE.

Monsieur, vous en serez dans peù mieux éclaircy.
Je croy que c'est un tour, que vôtre amy prépare.
Pour tromper tous les soins de son tuteur avare.
Il luy manquoit encor un fourbe, pour cela.
Et Jasmin justement à poinct s'est trouvé-là.

FERNAND.

Pour servir un bon Maître, on doit tout entrepren-
           (dre.

MASCARILLE.

Doit-on pas pour luy plaire, aussi se faire pendre?

FERNAND.

Non, mais on doit du moins courir quelque danger,
Quand on trouve par là, moyen de l'obliger.

MASCARILLE.

D'un si hardy dessein Jasmin est seul capable,
Et tout autre que luy vous est insupportable.

FERNAND.

Peut être ferois-tu quelque chose pour moy,
En un besoin aussi?

MASCARILLE.

Qui moy, Monsieur ?

FERNAND.

Oui, toy.

MASCARILLE.

Un esprit qui ne peut de soy-même connaître
Les têms où l'on doit dire ou Mr ou mon Maitre,
Peut-il à vôtre avis, être fort inventif.
Non, non, & de Jasmin je ne suis qu'aprentif.

FERNAND.

Mascarille, à tous deux je sçai rendre justice,
Avant toy tu le sçais, il est à mon service.
De plus certain brillant, qu'on découvre d'abord,
Frappe....

MASCARILLE.

Tout ce qui luit, bien souvent n'est pas or.

FERNAND.

Je le sçai, mesme en toy j'en trouve un témoignage.

MASCARILLE.

Bon !...

FERNAND.

Mais ne parlons pas de celà davantage.

MASCARILLE.

Soit, ça, que voulez-vous ?

FERNAND.

Je desire sçavoir,

Si tu veux me servir.

MASCARILLE.

Oui, de tout mon pouvoir.
Car nul n'est obligé, dit-on, à l'impossible.

FERNAND.

Tu connois bien l'objet, pour qui je suis sensible ?

MASCARILLE.

Oui dà, je connois bien la sœur de vôtre ami ,
Pour qui vos tendres yeux n'ont pas toûjours dormy.

FERNAND.

Que t'en semble?

MASCARILLE.

Ma foy, je la trouve jolie.

FERNAND.

Dy-moy, pourrois-tu pas trouver par ton génie,
Quelque galant moyen de me faire.

MASCARILLE.

                                J'entens,
Passer avec la belle une heure de bon têms.

FERNAND.

Maraut, tu pourrois bien attirer ma colere.

MASCARILLE.   (plaire?

Quoy, vous voulant du bien, pourrois-je vous dé-

FERNAND.

Que tu-fais le plaisant icy mal à propos!

MASCARILLE.

Cà   parlons sagement.

FERNAND.

                Sçaches donc en deux mots...

MASCARILLE.

Quoy ?

FERNAND.   (dresse,

        Que je voudrois bien, pour marquer ma ten
Faire quelque présent à ma belle maîtresse,
De nippes, de rubans, de bijoux curieux,
Et de tout ce qui peut enfin plaire à ses yeux;
Mais comme sur ce poinct elle est fort circonspecte,
Je veux lui faire voir combien je la respecte,
Par les précautions que j'y veux apporter.
Cà, ne pourois-tu point lui faire présenter,
Par exemple un beau poinct, mais de telle maniere,
Que je ne choque point son humeur un peu fiere.
Rêve un peu.

MASCARILLE.

Quoy, Monsieur ? vous faites le Docteur,

Et vous avez encor besoin d'un Conducteur ?
Ah! que ces blonds cheveux couvrent peu de cervelle.
Monsieur la Rapiniere aime fort cette belle ,
M'a t'on dit.

FERNAND.
Ouy.

MASCARILLE.
De plus il est Fermier ,

FERNAND.
Aprés,

MASCARILLE.
Il visite souvent le Bureau d'ici prés ,
Sans doute, puisqu'il est si pré de sa demeure.

FERNAND.
Où veux-tu donc venir ? si j'en sçay rien, je meure.

MASCARILLE.
Nous y voicy bien-tost , disposez vos présens ,
Donnez les à porter à de certaines gens ,
Qui sans les déclarer, entreront dans la Ville ;
Les Commis du Bureau , nation incivile ,
De même qu'on en trouve aux portes de Paris ,
Surveillans comme chats qui guettent la souris ;
Viendront fondre dessus, d'une grande vîtesse ,
Les foüilleront par tout.

FERNAND.
Je comprends ton addresse,
Tout ce que j'enverray, saisi par ces Commis ,
Dans les mains du Fermier sera bien-tost remis.
Luy , se montrant d'humeur libérale & civile ,
En fera sur le champ présent à sa pupille ,
D'autant plus , qu'ils seront à son usage.

MASCARILLE.
Et ouy ,
Vous l'avez deviné.

FERNAND.
Tu m'as tout réjoüy.

Par

Par cette invention.... Mais ſi ces Commis mêmes,
Dont les demangeaiſons de prendre ſont extremes,
Retiennent mes préſens.
MASCARILLE.
Bon ! nôtre amy Jaſmin
N'en prendra-t-il pas ſoin? Vous ſçavez que demain,
Il doit être Commis.
FERNAND.
J'admire ton genie...

SCENE IV.

FERNAND, MASCARILLE, LA FLEUR.
FERNAND.

Ah, ah ! voila la Fleur. hebien, ma Compagnie?

LA FLEUR.
Monſieur , elle va bien Dieu mercy maintenant ,
Depuis que vous avez changé de lieutenant.
C'eſt la plus belle enfin , qui ſoit dans vintimille,
Tenez Monſieur, liſez. Serviteur Maſcarille.
MASCARILLE.
He bien , Monſieur la Fleur , comment vous portez
vous.
LA FLEUR.
Tu vois, Morguié , tout prêt à boire quatre coups.
Je ſuis depuis dîné , venu ſans boire goutte ,
Et jamais je ne vis vne ſi triſte route.
MASCARILLE.
Voulez vous m'aſſiſter ?

B

LA FLEUR.

>Ouy dà, tres volontiers.

Enquoy ?

MASCARILLE.

Pour attraper icy ces Maltostiers.
Vous sçavez, ces Commis qui sont à cette porte,
Qui veulent visiter tout ce que l'on apporte ?

LA FLEUR.

Ouy.

MASCARILLE.

De certains bijoux qu'ils saisiront demain,
Sans doute leur pourront affrioler la main.

LA FLEUR.

Quels bijoux ?

MASCARILLE.

Vous sçaurez tantost tout le mistere.

FERNAND *à la Fleur aprés avoir leu.*

J'y répondray demain.

MASCARILLE.

>Monsieur, pour vôtre affaire,
Dans la Fleur que voilà, nous avons un thresor.

FERNAND.

Bien. Qu'il aille avec toy.

MASCARILLE.

>Je vous demande encor,
Par grace, qu'aux dépens de ces gens de barriere,
Vous nous laissiez tous deux, un peu donner carriere.

FERNAND.

Et pourquoy ? Ces Commis t'ont-ils fait quelque
tort ?

MASCARILLE.

Non pas Monsieur; mais, c'est que je les hais à mort,
Et je les veux aussi jotier à ma maniere.

FERNAND.

J'y consens ; mais voicy Monsieur la Rapiniere;
Ton visage en cecy, luy doit estre inconnu,
Je m'en vay luy parler.

SCENE V.

LA RAPINIERE , M. LE BLANC, FERNAND.

M. LE BLANC.

Monfieur, j'étois venu,
Fondé fur vos bontez , animé d'efpérance ,
Pour vous faire chez vous tres-humble remontrance,
D'avoir un peu d'égard aux pertes que je fais ,
Dans un malheureux bail & deux maudits forfaits..

LA RAPINIERE.

A l'autre , vous perdez toûjours à vous entendre.

M. LE BLANC.

Mais . . .

LA RAPINIERE.

Mais monfieur le Blanc, qui vous les a fait prendre?
Eft-ce moy ?

M. LE BLANC.

Non Monfieur.

LA RAPINIERE.

He bien donc ?

M. LE BLANC.

Le haut prix ,
Que . . . .

LA RAPINIERE.

Vous avez creu prendre, & vous vous trouvez pris.
Vous n'êtes pas le feul.

M. LE BLANC.

Il eft vray , c'eft ma faute.

LA RAPINIERE.

Depuis quand avez vous cette Ferme si haute ?

M. LE BLANC.

Depuis quatorze mois.

LA RAPINIERE.

Mais étiez vous mineur,
Quand vous avez signé ?

M. LE BLANC.

J'ay cinquante ans Monsieur.

LA RAPINIERE.

Tant pis ; vous aviez l'âge.

M. LE BLANC.

Ah, la funeste Ferme !
J'en paye au grand Bureau vingt mil écus par ter-
me.
J'ay comme vous sçavez avancé le prémier,
J'ay payé le second ; le troisiéme & dernier
Sont encor à payer : car Monsieur, la recepte,
Qu'en un an les Commis dans les Bureaux ont faite,
N'excede pas je croy, soixante mil écus,
Les établissemens, frais de régie. . . .

LA RAPINIERE.

Abus.

M. LE BLANC.

L'intérêt de l'argent, les présens qu'il faut faire. .

LA RAPINIERE.

Abus.

M. LE BLANC.

Les pensions . . . .

LA RAPINIERE.

Mais voulez vous vous taire ?

M. LE BLANC. (nous.

He ! vous sçavez Monsieur, tout cela mieux que
Vous avez . . . .

LA RAPINIERE.

C'en est trop, allez, retirez vous.

Ie suis las d'écouter vos insolentes plaintes.
Payez, ou n'attendez de nous rien que contraintes,
Que garnisons chez vous, & que sévéritez,
Rien qu'éxécutions, rigueurs & duretez.
M. LE BLANC.
Ie demande à compter Monsieur, de Clerc à Maître.
LA RAPINIERE.
Payez, & c'est là tout ce que je veux connaître.
Allez, c'est assez dit.

SCÉNE VI.

LA RAPINIERE, FERNAND.

LA RAPINIERE.

Nous vous ferons, ma foy,
Soûtenir comme il faut, ou vous direz pourquoy,
Postiche sousfermier de nouvelle fabrique,
Que si legérement quittez vôtre boutique.
Il valoit mieux pour vous, être toûjours mar-
				chand,
Que de venir icy faire le chien couchant.
Vous avez sottement voulu tâcher des Fermes;
Parbleu, vous payerez exactement vos termes,
Sinon, vous le verrez dans huit jours publier
A vôtre folle enchere, & sans aucun quartier.
FERNAND.
Monsieur, depuis long têms vôtre mérite extreme.
LA RAPINIERE.
M'en voulez vous monsieur ?
FERNAND.
				Ouy Monsieur à vous même.

LA RAPINIERE.

C'eſt peut-être un filou, qui cherche à me voler.

FERNAND.

M'a fait chercher le bien de vous pouvoir parler ,
Dans le deſſein de faire avec vous connoiſſance . . .

LA RAPINIERE.

Eſt-ce pour quelque employ , qui ſoit en ma puiſ-
   ſance ;
Etes vous Sous-fermier, Croupier, ou bien Cőmis ?

FERNAND

Non , je cherche l'honneur, d'être de vos amis.

LA RAPINIERE.

Je vous ſuis obligé. *bas.* Les gens de cette taille ,
A des gens comme nous, n'augurent rien qui vaille.

FERNAND.

J'étois venu Monſieur , . . .

LA RAPINIERE. *bas.*

Ouy dà , pour m'affronter.

FERNAND.

Vous prier ſeulement.

LA RAPINIERE.

Je n'ay rien à prêter,
Serviteur.

FERNAND.

Mais Monſieur . . . .

LA RAPINIERE.

Chacun ſçait ſes affaires.
Il faut donner icy les ordres néceſſaires.
Etes vous là la Roche ?

LA ROCHE *dans le Bureau.*

Ouy Monſieur.

LA RAPINIERE *à Fernand.*

Serviteur.

FERNAND *s'en allant.*

Quoy donc ? ay-je l'habit & l'air d'un affronteur ?
Peut-on voir ſous le Ciel un plus inſolent homme !

Mais sans me rebuter d'un accueil qui m'assomme,
Cherchons d'autre moyens d'aborder ce bourreau.

SCENE VII.

LA RAPINIERE, LA ROCHE.

LA RAPINIERE.

Voyons, quelle recepte a-t'on faite au Bureau?
N'avez vous rien saisy? voyons un peu vos livres.
LA ROCHE.
On a receu Monsieur, environ deux cens livres.
LA RAPINIERE.
Deux cens livres par jour? comment donc? sur ce
    pié,
J'y perdray tout au moins, par an plus de moitié?
De tout têms cette porte en rendit au moins quatre.
LA ROCHE.
Monsieur, il n'entre rien qu'asnes chargez de plâtre,
Que farines, que pains, dois-je les arrêter?
LA RAPINIERE.
Autant bêtes que gens, il faut tout visiter.
LA ROGHE.
Mais Monsieur, vous sçavez que cette exactitude
Vous a souvent causé beaucoup d'inquiétude.
Vous ressentez encor ce que ces jours derniers
Mon camarade a fait au chef des fontainiers:
Pour avoir confisqué dix ou douze bouteilles,
On en souffre chez vous des peines sans pareilles.
Il s'est vangé de vous, en vous ôtant vos eaux,
Il a même dit-on, fait couper les tuyaux,

Qui pouvoient en donner à Messieurs vos confreres
Et voila les effets de vos ordres séveres.
LA RAPINIERE.

J'y sçauray donner ordre, & j'en auray raison:
On n'ôte pas ainsi les eaux d'une maison.
LA ROCHE.

Vous y perdrez Monsieur, vôtre têms & vos peines,
Vous luy prenez son vin, il reprend ses fontaines.
LA RAPINIERE.

He bien soit, j'aime mieux cent fois n'en point avoir,
Que de voir faire icy mollement son devoir.
Tantôt ne manquez pas d'apporter le registre,
Avec vôtre recepte.
LA ROCHE bas.

Ah ! quel regard sinistre.
LA RAPINIERE.

Ces Dames-cy pourront peut être m'empecher,
D'entrer dans le Bureau.

SCENE VIII.

LA RAPINIERE, ISABELLE, LEONORE.

ISABELLE.

IE ne puis plus marcher,
He laquais! va t'en dire au cocher qu'il approche
LA RAPINIERE.

Entrez icy Madame. Oh ! des sieges, la Roche !
Vous ferez s'il vous plaît, les honneurs du logis.
Leonore, & tandis qu'avecque mon Commis
Je vais éxaminer vne petite affaire,

Vous vous reposerez.

ISABELLE.

                    Il n'est pas nécessaire,
Monsieur, j'ay mon Carosse icy prés, qui nous suit,
Et j'ay quelque visite à rendre avant la nuit.

LA RAPINIERE.

Tout ce qu'il vous plaira   je cede tout aux belles,
Et suis comme le bois, de quoy l'on fait les vielles,
Toûjours de bon accord. Vous pourriez cependant,
Entrer & vous asseoir toûjours, en l'attendant.

LEONORE.

Ah ! quel charmant plaisir on goûte à la campagne,
Mon oncle.

LA RAPINIERE.

            L'on appelle ainsi dans la Romagne,
Un cousin qui sur nous a le germain.

ISABELLE.

                                J'entens.

LEONORE.

La belle promenade ? Ah, l'agréable têms !
Donnez vous le plaisir quelque jour, je vous prie,
D'aller goûter le frais la bas dans la prairie.
Ces tapis émaillez entourez de ruisseaux,
L'ombrage des peupliers, le chant de mille oyseaux
Ont eu pour nous ce soir une douceur extreme.

LA RAPINIERE.

Chacun selon son goût, en trouue en ce qu'il aime.
Nous ne devons jamais disputer sur les goûts :
Les vns aiment piquant, les autres aiment doux,
Et chacun se flattant dans cette différence,
Croid toûjours, que l'on doit au sien la préférence.

LEONORE.

Je sçay ce que l'on peut me dire sur ce poinct.
Mais enfin le bon sens....

LA RAPINIERE.

                        Vous ne counoissez point

Le plaisir que l'on goûte, à gagner des pistolles.

LEONORE.

Moy ? non.

ISABELLE.

Ni moy non plus.

LA RAPINIERE.

Vous êtes donc des folles,
De vouloir raisonner sur le fait des plaisirs :
Celuy du gain doit seul faire tous nos desirs.
Il est jour de marché demain, sans plus attendre,
Je veux moy même icy vous le faire comprendre.
Et je vous feray voir pour divertissement,
Le profit qu'on y fait en un jour seulement.
Madame, voulez vous être de la partie ?

ISABELLE.

J'en serois sans mentir, Monsieur, mal divertie :
Car tous les gains du monde ont pour moy peu
d'appas.

LA RAPINIERE.

Oh, oh !

ISABELLE.

Celuy du jeu même ne me plaît pas.

LA RAPINIERE.

Le goût du gain est bon, de quelque endroit qu'il
vienne,
Et pour moy j'éus toûjours l'ame vespasienne.

LEONORE.

Mais Madame, demain pourra-t'on pas vous voir,
A quelque heure du jour ?

ISABELLE.

J'y feray mon pouvoir,
Nous allons au matin voir une métairie,
A trois milles d'icy.

LEONORE.

De grace, je vous prie
D'arrêter vn moment en passant.

ISABELLE.

Je le veux;
Et nos freres peut-être, en seront-ils tous deux.

LEONORE.

Tant mieux.

LA RAPINIERE.

Ah ! s'il vous plaît, Madame, point de frere.

ISABELLE.

Monsieur, le mien n'a point un visage à déplaire.

LA RAPINIERE *bas.*

Tant pis.

LEONORE.

Il est galant, spirituel, bien-fait.

LA RAPINIERE *bas.*

Tant pis.

LEONORE.

Qui sçait donner grace à tout ce qu'il fait.

LA RAPINIERE *haut.*

Tant pis.

ISABELLE.

Tant pis, Monsieur ?

LA RAPINIERE.

Ouy dà tant pis, Madame.

ISABELLE.

Et pourquoy ? vous n'avez ni maistresse ni femme.

LA RAPINIERE.

Quelque jour...

ISABELLE.

Bon, voicy mon carosse, à demain.

LA RAPINIERE *bas.*

La Civilité veut que j'offre icy ma main,
Et pour tacher de plaire à l'objet que l'on aime,
Il faut se dérober quelque chose à soy même.

SCENE IX.

LA RAPINIERE, LA ROCHE, UN CROCHETEUR.

LA RAPINIERE.

MAis que vois-je ? on se bat ! que veut dire
cecy ?

LA ROCHE.

C'est un faquin, Monsieur, que j'ay surpris icy,
Avecque ce cartaut.

LA RAPINIERE.

Qu'est-ce ?

LA ROCHE.

Du vin d'Espagne.

LA RAPINIERE *au Crocheteur.*

Sçais-tu qu'à nous tromper, on perd plus qu'on ne
gagne ?

LE CROCHETEUR.

Monsieur, c'est un present, que deux de vos amis
Vous envoyent, ainsi qu'ils vous avoient promis.
Ce sont Messieurs Pazzi.

LA RAPINIERE.

Qui que ce soit, n'importe ;
Tu le devois d'abord déclarer à la porte ;
Et j'aime mieux l'avoir par confiscation,
Que de leur en avoir quelque obligation.

LE CROCHETEUR.

Mais jamais dureté n'approcha de la vôtre.

LA RAPINIERE.

Hé bien , je leur permets d'en envoyer un autre ,
Dis-leur , dés à present je le tiens déclaré.

LE CROCHETEUR.

Bon !

LA RA-

LA RAPINIERE.

Mais pour celuy-cy, néant.

LE CROCHETEUR.

Quel altéré !
Payez-en donc le port, il est à vôtre adresse.

LA RAPINIERE.

Ceux qui t'ont employé, te payeront.

LE CROCHETEUR *à part.*

La presse
Sera grande à servir ce vilain.

LA ROCHE.

Serviteur.

LE CROCHETEUR.

Que la fiévre te serre & te ronge le cœur,
Ladre, maudit avare, au diable, & que la peste
Répande un jour sur toy ce qu'elle a de funeste.

Fin du premier Acte.

ACTE II.

SCENE PREMIERE.

LA RAPINIERE *seul.*

E croy voir en tous lieux la mort
    qui me pourſuit.
Je n'ay preſque point clos l'œil
    de toute la nuit.
Je ſuis tout inquiet, certain cha-
    grin me ronge :
Le peu que j'ay dormy, s'eſt paſſé
    tout en ſonge.
J'ay rêvé que malgré mon eſprit diligent,
On avoit à mes yeux, volé tout mon argent.
J'ay vû des œufs caſſez, des perles défilées,
De funeſtes hyboux des troupes aſſemblées,
Introduites chez moy par un monſtrueux loup ;
Enfin ce ſonge affreux me fatigue beaucoup.
Cet homme, qu'hier au ſoir je trouvay dans la
    ruë,
Me revient à l'eſprit ; mon ame toute émuë,
Pour appaiſer ſon trouble, en vain veut s'efforcer,
Je ne ſçaurois jamais m'empêcher d'y penſer.
Je veux ſur un party preſſentir Léonore,
Puis aprés, luy montrer à quel poinct je l'adore ;

Mais pour y réüssir, je prétens qu'en ce jour,
L'intérêt serve icy de guide à mon amour.
Les biens affez souvent nous tiennent lieu de char-
　　mes,
Ils épargnent souvent bien des soins & des larmes,
Et tel se rend heureux par ses nombreux écus,
Qui pour ses grands deffauts n'auroit que des re-
　　buts.
Je veux luy faire voir les grands gains d'une année,
Par l'engageant essay d'une seule journée :
J'ay choisi celle-cy favorable à mes vœux,
Et j'espere obtenir par là, ce que je veux.
Voyons en l'attendant, ce qu'aura fait la Roche,
Si le marché va bien... Mais un homme s'appro-
　　che,
Qui me paroît avoir deffein de me parler.
On conspire aujourd'huy sans doute à me voler.

SCENE II.

LA RAPINIERE, JASMIN *vêtu* *en Gentilhomme ruïné.*

JASMIN.

IL le faut aborder d'une douce maniere. *à part.*
Monsieur, n'êtes-vous pas Monsieur la Rapiniere ?

LA RAPINIERE.

Selon ; pourquoy Monsieur ? & que luy voulez-
vous ?
Voicy sans doute encor quelqu'un de mes filoux. *à*

JASMIN. *part.*

Monsieur, n'avez-vous pas l'honneur de le connêtre ?

LA RAPINIERE.

Selon ; pourquoy? Monſieur ? je le connois peut-
	être ,
Et peut-être que non.
JASMIN.
					C'eſt qu'hier je promis
De luy rendre un Bîllet d'un de ſes bons amis.
LA RAPINIERE.
Quel eſt-il cét amy? *à part.* Voyons la fourberie.
JASMIN.
Monſieur Harpin Banquier.
LA RAPINIERE.
					Ah ! Monſieur , je vous prie ,
Pardonnez , s'il vous plaît , à mon aveuglement :
Certaine affaire icy m'occupe étrangement.
C.a voyons , avez-vous beſoin de mon ſervice ?
JASMIN.
Ouy, Monſieur, vous pouvez me rendre un bon of-
	fice :
Et c'eſt pour ce ſujet que nôtre amy commun
Se rend , ainſi que moy , prés de vous importun.
LA RAPINIERE.
Oh! vous êtes chez moy, les Maîtres l'un & l'au-
	tre ,
Et je ſuis ſerviteur...
JASMIN.
					Monſieur , je ſuis le vôtre.
LA RAPINIERE *lit.*

*Sur l'aſſurance que vous m'avez donnée, Monſieur,
de m'obliger , quand vous en trouveriez l'occaſion ; vous
voulez bien que Monſieur du Jaſmin , nôtre amy , vous
ſaluë aujourd'huy de ma part , pour vous offrir ſes ſer-
vices : C'eſt un Gentilhomme qui a autant de mérite
que de naiſſance , & que la fortune envieuſe n'a pas
traitté fort favorablement. Il eſt auſſi honnête homme
qu'entendu dans les affaires ; & vous me ferez un ſen-*

fible plaifir de l'employer. Je fuis, Monfieur,
, oftre Serviteur, HARPIN.

Ouy-dà. Vous avez eu déja quelques emplois ?

JASMIN.

Ouy, Monfieur, j'ay long-têms controllé les Ex-
ploits.

LA RAPINIERE.

Ces fortes d'emplois-là ne font que bagatelles.

JASMIN.

De plus, j'ay travaillé trois ans dans les Gabelles,
Et j'ay fervi deux ans fous Monfieur Marchepon.

LA RAPINIERE *à part.*

Ah ! c'eft affez pour être un achevé fripon ;
Et s'il avoit encor fervi la Plaiderie,
On le feroit juré dans l'art de fourberie.
C'eft une bonne école affurément.   *à Jafmin.*

JASMIN.

Ma foy,
On n'a pas grand befoin de témoins avec moy.
Il arrive fouvent de certaines affaires,
Où ces gens ne font pas tout-à-fait néceffaires ;
Où pour preuve, le Juge exige feulement
Du Commis faififfant, la plainte & le ferment.
C'eft autant de gagné pour vous.

LA RAPINIERE.

Quoy ?...

JASMIN.

Chofe fûre :
S'il ne tient qu'à jurer, nous fçavons comme on ju-
re.
Je vay de têms en têms, chez certains hôteliers
Sur la route, chez qui logent les Voituriers.

LA RAPINIERE.

Hé bien, que faites-vous dans ces hôtelleries ?

JASMIN.

Moyennant quelque argent, les Valets d'écuries,

Pendant que tout le monde est dans un plein repos,
Fourrent adroittement au milieu des balots,
Un sac de sel, du lard, un jambon, des saucisses...

LA RAPINIERE.

Je ne puis admirer assez ces artifices;
Et ces inventions ont dequoy me charmer.

JASMIN.

A la porte, Dieu sçait, si je sçay m'escrimer:
Et les Procés-verbaux... faut voir... sur ma parole.

LA RAPINIERE.

Entrez, pour commencer, vous ferez le Controlle.

SCENE III.

LA RAPINIERE, LA ROCHE.

LA RAPINIERE.

HE bien?

        LA ROCHE *à la droite.*

    Hé bien. Monsieur, cela ne va pas mal.

LA RAPINIERE *le faisant passer à la gauche.*

Est-ce là vôtre place, incivil animal?

LA ROCHE.

Excusez, je prenois la gauche pour la droite.

LA RAPINIERE.

A combien peut monter déja vôtre recepte,
Depuis que cette porte est ouverte?

LA ROCHE.

                A combien?

A plus de trente écus.

LA RAPINIERE.

        Bon, voilà qui va bien.

LA ROCHE.

Sans compter quelques droits que j'ai pris en nature,

Comme chapons , poulets , œufs , fruits , à l'avan-
    ture ,
Comme ils se sont trouvez , ainsi qu'hier au soir
Vous m'aviez ordonné.
LA RAPINIERE.
Ça , nous allons les voir.
LA ROCHE.
J'ai saisi deux cochons , qui devant cette porte
Couroient comme Sergens que le Démon emporte,
Pour n'avoir pas payé les droits du Pié-fourché.
LA RAPINIERE.
Et le Maître ?
LA ROCHE.
Il alloit pour les vendre au marché ,
Et venoit aprés eux ; mais ces bêtes lâchées,
Avant lui, trente pas étoient déja passées,
Ainsi j'ai refusé sa déclaration ,
En l'accusant toûjours de contravention ;
Et suis dans mon propos toûjours demeuré ferme.
LA RAPINIERE *l'embrassant.*
Voilà comme l'on fait le profit d'une Ferme :
Voilà de la façon, qu'on peut se rendre un jour ,
Digne des grands emplois, puis Fermier à son tour.
Je parlerai de vous demain à l'assemblée.
LA ROCHE.
Monsieur, vous sçavez bien que depuis cette année,
On a rogné le tiers de mes appointemens ,
Qu'on ne me donne plus ni frais , ni logemens,
Et que la pension qu'il faut que je vous fasse
Encor...
LA RAPINIERE.
Ouy, plaignez-vous, la Cour vous fera grace.
Croyez-vous être seul qui fasse pension
A celui qui vous donne une commission ?
Non , non , c'est une regle aujourd'hui générale ,
Et personne n'a plus l'ame si libérale.

Quand un Fermier maintient un Commis dans
    l'employ,
Il en retient toûjours au moins le tiers pour soy,
Fût-il de ses parens, fût-il son propre frere,
Même un certain, je croy, le feroit à son pere.

LA ROCHE.

Ouy, c'est un Sous-fermier du traité du Tabac,
Qui veut en arracher, *aut ab hoc, aut ab hac,*
Et qui n'a pour Commis, que sa sœur & sa femme.
Monsieur, vous réglez-vous sur ce ladre? Ah l'in-
    fame!
Fût-il cent fois maudit de tout le genre humain!

LA RAPINIERE.

Rentrez, & prenez soin d'instruire du Jasmin.
Ma niéce vient, il faut, sans me faire connaître, *à*
Lui déclarer un feu que ses yeux ont fait naître; *part.*
Et je veux la sonder, en parlant pour un tiers.

SCENE IV.

LA RAPINIERE, LEONORE, BEATRIX.

BEATRIX à Leonore.

IL faut faire semblant d'y venir volontiers,
Pour ne pas l'irriter.

LEONORE.

      Beatrix, j'appréhende...

BEATRIX.

En vérité, Monsieur, sa complaisance est grande,
Et Madame mérite, aprés un tel effort,
D'hériter quelque jour de vôtre coffre fort.

LA RAPINIERE.

Vous ignorez le bien, que je prétens lui faire.

LEONORE.

Je vous regarde aussi comme mon propre pere ;
Et sur vos seuls desirs réglant mes volontez ,
Je tâche à mériter vos extremes bontez.
Depuis que sur mon sort vous avez eu puissance ,
J'ai fait vœu de vous rendre entiere obéïssance ;
J'ai beni mille fois cet amour maternel ,
Qui vous transmit sur nous le pouvoir paternel :
Heureuse en mes malheurs , que le ciel pitoyable
M'ait fait trouver en vous ce qui semble incroya-
　　　ble ,
C'est à dire un vrai pere , un zélé bienfaicteur ,
Au lieu d un monstre avare & d'un persécuteur.
On sçait quelles gens sont les tuteurs d'ordinaire ,
Les deniers des mineurs ne sortent jamais guere
D'entre leurs mains , entiers comme ils les ont re-
　　　çeus ;
Ils y trouvent sans cesse à rapiner dessus.
Ou par de vains procés , leur chicane homicide
En consomme toûjours en frais le plus liquide.
Il en est d'un tuteur, à l'égard d'un mineur ,
Comme d'un Intendant, auprés d'un grand Seigneur;
L'un ordinairement est ruïné par l'autre.

LA RAPINIERE.

Devez-vous , Léonore, en dire autant du vôtre?

LEONORE.

Au contraire , & bien loin de me plaindre de vous ,
Mon oncle , sur ce poinct , j'ose dire entre nous ,
Que pour le conserver , vôtre amitié fidelle
Va jusques à l'excés , que l'ardeur de ce zele ,
Ce grand attachement , & ces généreux soins ,
Un peu moins empressez ne me plairoient pas
　　　moins.
Je ne suis , Dieu-mercy , prodigue ny joüeuse...

LA RAPINIERE.

Vous en êtes aussi d'autant plus vertueuse.

LEONORE.

Je ne souhaitte point de somptueux habits ;
Mais...

LA RAPINIERE.

C'est assez d'avoir & brocard & tabis.

LEONORE.

Tous ces meubles pompeux, toutes ces pierreries,
Tous ces rares tableaux & ces tapisseries
Dont nôtre sexe fait aujourd'hui ses plaisirs,
Jamais trop fortement n'ont ému mes desirs :
De moindres ornemens j'aurois été contente.
Mais je suis...

LA RAPINIERE.

C'est par là que le diable nous tente.
Ces tableaux, ces bijoux, tous ces meubles dorez,
Ces grands appartemens richement décorez,
Ces lustres, ces chenets, ces bras, ces girandoles,
Sçachez que tout cela n'est fait que pour des folles,
Qui ne sçachant combien l'argent coûte à gagner,
Ne sçavent pas aussi comme il faut l'épargner.
Sa mere n'avoit pas cette sotte manie.   *à part.*

LEONORE.

Mais encore voit-on quelquefois compagnie,
Et l'on reçoit les gens avec indignité
Dans des lieux mal ornez selon leur qualité.

LA RAPINIERE.

Vous sçaurez quelque jour si je songe à vous plaire.

BEATRIX.

Monsieur est généreux, allez, laissez-le faire.
En ménageant ainsi sagement vôtre bien,
Peut-être qu'il y veut encor joindre le sien.
Déja vous connoissez à quel poinct il vous aime.

LA RAPINIERE.

Sans doute, j'ai pour elle une tendresse extreme,
Et pour la contenter, je ferai mon pouvoir,
Pourveu qu'elle...

BEATRIX.

Monsieur, voicy qu'on vient vous voir.

LA RAPINIERE *bas.*

Diable ! voicy celuy qui me tient en cervelle.
Beatrix , est-ce là le frere d'Isabelle ?

BEATRIX.

Ouy , Monsieur.

LA RAPINIERE.

Ce l'est là ?

BEATRIX.

N'est-il pas bien tourné ?
Vous ne vîtes jamais Gentilhomme mieux né.

LA RAPINIERE.

bas. Rentrons, pour leur cacher mon embarras extre-
me.
Ma niéce , s'il vous plaît , recevez-les vous-même :
Il faut que j'aille voir ce que font mes Commis.

SCENE V.

DORANTE, FERNAND, ISABELLE, LEONORE, BEATRIX.

ISABELLE.

MAdame, on vient vous voir, comme on vous
a promis.

LEONORE.

Vôtre bonté, Madame, est pour moi singuliere.

ISABELLE.

Vous ignorez pourquoi Monsieur la Rapiniere
Vous a d'abord quittée , en nous voyant venir ?

LEONORE.

Ouy.

DORANTE.

C'eſt ce dont Fernand nous vient d'entretenir,
Sans doute ?

ISABELLE.

Juſtement, c'eſt le nœud de l'affaire.
Madame, en peu de mots, vous ſçaurez que mon
　　frere
Paſſa dans ce quartier, hier ſur la fin du jour,
Eſpérant nous trouver & nous joindre au retour.
Il y vid arriver Monſieur la Rapiniere,
Et l'aborda, dit-il, d'une honnête maniere ;
Mais ce brutal croyant qu'il venoit l'affronter,
Pour tout diſcours, luy dit, je n'ai rien à prêter,
Serviteur.

LEONORE.

Sans vouloir écouter davantage ?

FERNAND.

Pas ſeulement un mot.

BEATRIX.

Le courtois perſonnage !

FERNAND.

A ne vous point mentir, j'en fus mortifié.
Mais qui d'un tel accueil ſe ſeroit défié ?
Je n'aurois jamais crû que le ſiecle où nous ſom-
　　mes
Pût produire entre nous de ſi bizares hommes,
Dans un Etat fameux, où la civilité
Régne avec tant d'éclat & tant de pureté.
Qu'un homme comme moy pût ſe trouver en bute
Aux traits...

DORANTE.

Il ne faut pas que cela vous rebute,
Fernand, ces gens-là ſont trop audeſſous de vous
Pour atteindre jamais à vous mettre en courroux.
Je trouveray moyen, malgré ſa reſiſtance,
De vous faire lier avec luy connoiſſance.

Pourvû

Pourvû que l'intérêt s'en mêle, assurément
J'espere d'en venir à bout facilement.

FERNAND.

S'il ne tient qu'à cela, je vous donne parole...

FERNAND.

Laissez-moy faire, allez, je joûrai bien mon rolle.
Tout méfiant qu'il est, je pretens aujourd'huy
Vous faire entretenir seul à seul avec luy.

FERNAND.

Quoy, vous croyez qu'ayant l'ame si peu courtoise...

DORANTE.

Il n'est rien si farouche, enfin, qu'on n'apprivoi-
se.
Et chacun n'a-t'il pas son foible ?

FERNAND.

Ouy, mais ce fou
A moins d'humanité cent fois, qu'un loup-garou.
D'ailleurs, étant déja prévenu...

DORANTE.

Laissez faire,
Vous dis-je, encor un coup.

FERNAND.

Bien.

DORANTE.

J'en fais mon affaire.
Je lui ferai tantôt boire aprés son dîner,
Un trait, que sur le champ je viens d'imaginer :
Il sera bien rusé s'il en pare l'atteinte,
Pourvû que vous prêtiez la main à cette feinte.

FERNAND.

Pour soy-même on ne fut jamais fort négligent.

DORANTE.

Je lui dirai tantôt, qu'ayant beaucoup d'argent,
Et que prés d'un départ, craignant les avantures,
Vous cherchiez un endroit, pour le mettre en mains
sûres,

D

Et que vous me laissiez maître des intérêts
Jusqu'à vôtre retour. Lui qui sçait cent secrets
Pour faire profiter le talent, quelle joye !
Il croira que vers lui, son Ange vous envoye,
Et ne pourra jamais me laisser en repos,
Qu'il ne vous ait parlé. Mais changeons de pro-
    pos ;
J'entens ses espions.

                BEATRIX.
                Ils ont une cassette,
Qu'ils viennent de saisir au fond d'une charette
Toute pleine de pains, qu'ils ont fait décharger,
Et traînent sans pitié le pauvre boulanger.
              ISABELLE.
Madame, nous viendrons vous voir l'aprésdînée.
              LEONORE.
Vous me ferez plaisir : toute cette journée,
Je ne sors point d'icy, pour plaire à mon tuteur.

SCENE VI.

JASMIN, LA ROCHE, LA FLEUR *en boulanger.*

              JASMIN *vêtu en Commis.*
Quoy ? tu veux resister, malheureux infra-
cteur :
Tu crois impunément frauder les droits du Prince.
              LA FLEUR.
Ah ! messieurs, doucement, ma camisolle est min-
ce :
Vous me pincez.
              LA ROCHE.
              Comment ?

LA FLEUR.

Ah! s'il vous plaît, tout doux,
Vous dis-je encor un coup.

LA ROCHE.

Tu te mocques de nous.
Allons, marche en prison.

LA FLEUR.

Quoy ? que pensez-vous faire?
Je vous déclare au moins, que je n'ai point d'affaire
Avecque la Justice.

LA ROCHE.

On ne s'en fait donc point,
En voulant nous tromper ?

LA FLEUR.

Ce n'est pas là le poinct.
C'est qu'aux jours de marché, nous venons à la halle
Apporter nôtre pain.

LA ROCHE.

Hé bien ?

LA FLEUR.

Puis on l'étalle,
On le vend, on reçoit l'argent, & puis adieu.

JASMIN *le retenant.*

Tu crois donc de la sorte échapper de ce lieu ?
Ma foy, mon pauvre amy * tu sçais peu le gri-
moire.

LA FLEUR.

Messieurs, pourroit-on pas, en vous donnant pour
boire,
S'il vous plaît, espérer un peu plus de douceur ?

JASMIN.

Quoy? pour qui nous prends-tu?

LA FLEUR.

Pour des hommes d'honneur.

* *Il luy fait signe de donner de l'argent.*

Dij

Messieurs, je vous lairrai de bon cœur la cassette;
Mais laissez-moi du moins emmener ma charette :
Que vous reviendroit-il de confisquer mon pain ?

LA ROCHE.

Donne-donc pour les droits de Monsieur du Jasmin.

LA FLEUR.

Tenez.

JASMIN.

Donne pour ceux de Monsieur de la Roche.

LA FLEUR.

Encor ?

LA ROCHE.

Assurément. Foüille dans l'autre poche.

LA FLEUR.

Tenez. He bien Messieurs , n'êtes-vous pas contens ?
Plaît-il ?

LA ROCHE.

He , nous pourrons l'être dans peu de tems ,
Il ne reste à présent qu'à payer la saisie.

LA FLEUR.

Encor ? voila des gens bien pleins de courtoisie !

LA ROCHE.

Ce Ducat est-il bon ?

LA FLEUR.

Ouy Monsieur.

LA ROCHE.

Serviteur.

JASMIN.

Et cette piastre au moins, pese-t'elle ?

LA FLEUR.

Ouy Monsieur.

SCENE VII.

LA ROCHE, JASMIN.

LA ROCHE.

HE bien, l'amy ?
JASMIN.
Ma foy , si cela continuë ,
J'aurai dequoi payer ce soir, ma bienvenuë.
LA ROCHE.
Allez, laissez-moi faire, avant la fin du jour ,
Vos yeux seront témoins , si je sçai plus d'un tour :
Vous sçaurez les profits , qu'on fait à cette porte.
Mais motus.
JASMIN.
Ah ! je veux que le diable m'emporte
Sur l'heure , si jamais j'en dis le moindre mot.
Non,non, ne craignez rien. Je serois un grand sot.
LA ROCHE.
Nous serions révoquez : j'y perdrois ma recepte ,
Et vous vôtre controlle. Ouvrons cette cassette ,
Encore par plaisir.
JASMIN.
Je le veux.
LA ROCHE.
Promptement.
Ah, le galant miroir ! ah, le beau passement !
Le joli coffre !
JASMIN.
C'est un quarré de toillette,
Tout garni de bijoux.
LA ROCHE.
La belle cassolette !

D iij

Par ma foy , je ne vis jamais rien de si beau.
Quel crime, de porter cela dans un Bureau ! *à part.*

JASMIN.

Donnez vîte , voici nouvelle tablature.

LA ROCHE.

Nous ferons en ce jour , bien plus d'une capture.
Faisons semblant de rien & ne regardons pas :
Voici certain valet, qui s'avance à grands pas,
Et qui tient dans ses bras deux bouteilles , je pense.

SCENE VIII.

JASMIN, LA ROCHE, MASCARILLE *yvre.*

MASCARILLE *chantant.*

ET *moy quand j'ay bien beu, mon bien est dans ma panse.*
Sans moi nôtre carosse aura pris le devant.

LA ROCHE.

Il le faut arréter.

MASCARILLE *chantant.*
Vous n'avez que du vent...

LA ROCHE.

Arrête , qu'as-tu là ?

MASCARILLE.
Là ? ce sont deux bouteilles...
Pleines d'un certain jus...que l'on tire des treilles...
Mais un jus... envoyé du ciel... & tout divin.
J'en prens de têms en têms... *il boit.*

JASMIN.
Comment , c'est donc du vin ?

MASCARILLE.

Je le croi, que c'en est , * & d'une, voyons l'autre.
* *Aprés avoir vuidé la bouteille.*

LA ROCHE.

Du Jasmin, tout au moins, il faut avoir la nôtre.

MASCARILLE.

Ah ! vous n'en croquerez, ma foi, que d'une dent.
Parle donc mon ami, tu fais bien le fendant, *à Iasmin.*
Avec ton bel habit, * allons ma mignonne, entre,
Et cherche ta compagne.

JASMIN.

Il faut jauger son ventre,
Et lui faire payer autant que d'un tonneau.
Comment ? insolemment insulter un Bureau !
Cela mériteroit le foüet ou la galere.

MASCARILLE.

Vous êtes donc Messieurs, tous deux bien en colere?

LA ROCHE.

Foüillons-le du Jasmin.

MASCARILLE.

Ouy, c'est pour vôtre nez.
On vous quitte déja du soin que vous prenez.

LA ROCHE.

Il faut pourtant payer, & toute ta finesse
Ne sçauroit empêcher...

MASCARILLE *les faisant courir.*
chante.   *Un mitron de Gonnesse*
Soûpirant près d'un four...

JASMIN.

Tu penses fuir en vain.

MASCARILLE.

Dés ce matin, Messieurs, j'ai fait jambes de vin ;
Mais vous allez tous deux, avoir chacun la vôtre :
* Tien, voici déja l'une, & puis tien, voilà l'autre.

* *à l'autre bouteille en beuvant.*
* *Il leur casse les bouteilles sur la tête.*

Fin du second Acte.

ACTE III.

SCENE PREMIERE.

LA RAPINIERE, LEONORE, BEATRIX.

LA RAPINIERE.

Uy, ma niéce, j'ai creu devoir par ce présent
Reconnaître aujourd'hui vôtre esprit complaisant.
Si l'on confisque encor dans ce jour quelque chose,
Je prétens qu'avant moi, vôtre main en dispose :
Et veux vous faire voir, qu'un Fermier général
Peut bien quand il luy plaît, se montrer libéral :
Que de son cabinet, sans sortir de sa chaise,
Comme un grand Prince, il peut mettre un homme à son aise :
Et pour tout dire enfin, qu'il peut faire du bien,
Sans que cela lui coûte & l'incommode en rien.
Quand vous aurez connu tous nos profits, j'espere
Que vous aurez bien-tôt l'humeur de vôtre mere,
La digne femme, helas ! & qu'un Fermier un jour
Sera de vôtre goût, plus qu'un homme de Cour.

LÉONORE.

Un Fermier ? moi , mon oncle ?

LA RAPINIERE.

Et pourquoi non , ma niéce ?

BEATRIX.

Est-ce pour l'éprouver , ou pour lui faire piece,
Monsieur , que vous parlez de cela ?

LA RAPINIERE.

Taisez-vous.

BEATRIX.

Monsieur , on ne doit pas disputer sur les goûts :
Hier vous nous le disiez , & Madame peut-être...

LA RAPINIERE.

Il est vray ; mais le fait est , de les bien connêtre.

BEATRIX.

Si j'étois de famille , avecque tout son bien,
Un Fermier par ma foy , ne feroit pas du mien :
Et les noms qu'on leur donne...

LA RAPINIERE.

Oüais , quelle comédie
Ma niéce , cette fille est un peu trop hardie.
Si vous ne l'empêchez de jaser , aprés tout...

BEATRIX à *Léonore.*

Répondez donc.

LEONORE.

Pour moi , je suis fort de son goût
Et j'avoûrai sans fard , que tous les gens d'affaires
N'ont pas pour me charmer, les choses nécessaires.

LA RAPINIERE.

Quoy ? n'est-ce pas chez eux, qu'on void rouler l'argent ?

BEATRIX *bas.*

Oui , qui leur appartient , comme à moi bien souvent.

LA RAPINIERE.

Et ne les void-on pas faire grande dépense ?

BEATRIX *bas:*

Oui, puis une prison au bout, pour récompense.

LA RAPINIERE.

Chacun d'eux n'a-t'il pas bon carosse aujourd'hui ?

BEATRIX *bas.*

Oui, mais qu'ils font rouler sur la bourse d'autrui.

LA RAPINIERE.

N'est-ce pas là marcher dans une noble route ?

BEATRIX *bas.*

Oui, c'est là le chemin, de faire banqueroute.

LA RAPINIERE *à Beatrix.*

Que raisonnez-vous là ?

BEATRIX.

Qui moy ? je ne dis rien:
Et croi qu'en vous croyant, elle croira fort bien.

LA RAPINIERE *à Léonore.*

Vous sçavez comme moi, que ce n'est qu'à nos
    bourses,
Que tous vos beaux Marquis ont toutes leurs res-
    sources :
Aprés cela, jugez qui de nous a raison.

BEATRIX *bas à Léonore*

Quoi, vous voulez toûjours ici faire l'oyson ?
Et ne répondre rien ? Quoi, pour être en tutelle,
Vous vous lairrez mener...

LA RAPINIERE.

Plaît-il ? que vous dit-elle ?

BEATRIX.

Je lui dis, qu'elle doit suivre vos sentimens,
Et qu'un riche Fermier a de grands agrémens.

LA RAPINIERE.

Mais d'un contraire avis pourtant préoccupée...

BEATRIX.

Oui, mais vos beaux discours Monsieur, m'ont
    détrompée.
Et je veux desormais employer tous mes soins,

Pour la perſuader.

LA RAPINIERE.

Je n'attendois pas moins
De vôtre eſprit, ſans doute.

BEATRIX.

Excuſez ſa jeuneſſe :
A cét âge, on n'a pas encor grande fineſſe
De jugement, Monſieur à dix-ſept ans peut-on
Sçavoir ce qui nous eſt avantageux ou non ?

LA RAPINIERE.

Mais…

BEATRIX.

Avant que d'aimer, il faut dit-on connêtre;
Quand Madame aura vû ſon prétendu, peut-être,
Que le conſidérant d'un jugement plus ſain,
Elle vous ſçaura gré, d'un ſi juſte deſſein.
De grands biens, un beau train, le faſte, la dé-
        penſe,
Aujourd'hui ſur un cœur peuvent plus qu'on ne
        penſe,
Et tiennent ſouvent lieu de mérite & d'appas;
Mais on ne peut aimer ce que l'on ne void pas.
Sans raiſon quelquefois, nous ſouffrons violence…

LA RAPINIERE.

Je ne vous tiendrai plus davantage en balance.
Cet époux qu'aujourd'hui je vous ay deſtiné,
Par l'abſolu pouvoir, qu'on m'a ſur vous donné,
Comme vôtre tuteur, cet amant qui vous aime,
Et que vous aimerez ſans doute, c'eſt moi-mê-
        me.

LEONORE.

Qui, mon oncle ?

LA RAPINIERE.

Moy.

LEONORE.

Vous ?

LA RAPINIERE.

D'où vient en ce moment
Cette grande surprise & cet étonnement ?
Est-ce de trop de joye, ou bien de repugnance ?
Quoy ? vous vous obstinez à garder le silence ?

BEATRIX.

Monsieur, son cœur surpris de cet excés d'honneur,
N'attendoit pas sans doute un si rare bonheur.
Elle n'ose à vos yeux répondre à vôtre flamme ;
Mais à l'heure qu'il est, je gage qu'en son ame
Elle en enrage,

LA RAPINIERE.

Quoy ?...

BEATRIX.

Mais si je la résous.

LA RAPINIERE.

Ah Beatrix !...

BEATRIX.

Voyons. Que me donnerez vous ?
Puis-je obtenir de vous un employ pour mon frere?

LA RAPINIERE.

Plûtôt deux.

BEATRIX.

C'est assez, je feray vôtre affaire ;
Laissez nous.

LA RAPINIERE.

Tu crois donc...

BEATRIX.

Reposez vous sur moy.

LA RAPINIERE.

M'en réponds-tu ? Dis.

BEATRIX.

Oui, j'en répons sur ma foi.
Accordez quelque chose à la pudeur du sexe,
Et me laissez agir.

SCENE

SCENE II.

LEONORE, BEATRIX.

BEATRIX.

Vous voila bien perplexe,
A ce que je puis voir. Plaît-il ?

LEONORE.

Ah, Beatrix !

BEATRIX.

He, là, là, rappellez doucement vos efprits,
Le mal n'eft pas fi grand que vous croyez , peut-
    être.

LEONORE.

Tu fçais que de mon fort ma mere l'a fait maître,
Et qu'à ce tître il peut...

BEATRIX.

Voyez le grand danger.

LEONORE.

Tu lui prêtes ta main encor, pour m'outrager,
Et loin de détourner avec moi , cette foudre,
Tu lui promets encor de me faire réfoudre,
Toi-même applaudiffant à cet affreux deffein,
Tu fournis un poignard , pour me percer le fein,
Toi que j'aime, & fur qui tout mon efpoir fe fonde.

BEATRIX.

La foudre tombe-t'elle auffi-tôt qu'elle gronde ?
Et d'abord que l'on void briller le moindre éclair,
Doit-on dire auffi-tôt des injures à l'air ?
Non , non , ce n'eft point là , comme l'on doit s'y
    prendre,
Il faut à fes deffeins feindre de condefcendre,

E

50   **LA RAPINIERE,**

Il le faut endormir , & non pas l'irriter ,
De peur qu'à quelque excés il n'aille s'emporter.
Enfin à vos dépens vous connoissez le sire :
Si j'avois sotrement été lui contredire ,
Et sans discrétion , tout d'abord m'opposer
A ce que je doutois , qu'il venoit proposer ,
Nous voyant par ce coup toutes deux allarmées ,
Il nous auroit peut-être au logis enfermées ,
Et par là , nous auroit ôté tous les moyens ,
De faire triompher nos desseins sur les siens.
Ces affaires-là vont moins vîte que l'on pense :
Il faut écrire à Rome , obtenir la dispense ,
Ordonner des habits , un carosse , des gens ,
Que sçai-je , tout cela demande bien du têms.
Il faut de ce projet avertir vôtre frere ,
Et Fernand , ils sçauront bien vous tirer d'affaire :
Ces Messieurs les galands sçavent bien plus d'un
    tour.
,, Et que ne fait-on pas , quand on a de l'amour ?
                LEONORE.

Ah Béatrix ! tu viens de me rendre la vie :
Et je me la serois à moi-même ravie ,
Plûtôt que consentir à cet affreux hymen.
                BEATRIX.

Quoi ? vous aviez donc fait déja vôtre examen ?
A ce conte , la vie est pour vous peu de chose ,
Puisqu'à si bon marché vôtre main en dispose.
Entrez dans le Bureau , vôtre oncle vous attend ,
Montrez en apparence un esprit fort content ;
S'il parle , témoignez qu'à ses desirs soûmise ,
Vous vous êtes de tout à moi seule remise.
                LEONORE.

J'y consens ; mais...
                BEATRIX.
                Entrez , sans vous mettre en souci ,
Et cependant je vais me promener ici.

LEONORE.
Pourquoi ?

BEATRIX.
Pour avertir Fernand & vôtre frere,
De tout ce qui se passe.

LEONORE.
Il faut te laisser faire.

BEATRIX.
Je m'en vais les attendre, & tandis qu'ils viendront,
Voici nos deux Commis qui me divertiront.
Un intérêt contraire en ce lieu les occupe.

SCENE III.

BEATRIX, LA ROCHE, JASMIN.

JASMIN *folâtrant.*
N'Avez-vous rien ici caché sous vôtre jupe ?
Et ne venez-vous pas diminuer nos droits ?

BEATRIX.
N'ayez point d'autres soins, que ceux de vos em-
plois,
Et me laissez ici dans mon humeur réveuse.

LA ROCHE.
Du Jasmin, prenons garde à cette blanchisseuse.

JASMIN.
Oui ?

LA ROCHE.
C'est une rusée, & qui sçait plus d'un tour.

SCENE IV.

JASMIN, LA ROCHE, OLIVE *avec
une hotte.*

OLIVE.

BOn jour, mes bons Monfieurs.

LA ROCHE.

Ah, ah ! bonjour, bonjour,
Dame Olive. He comment ? vous trouffez vôtre
cotte.

OLIVE.

Il le faut bien, Monfieur, puifque ma pauvre hotte
Ne fçauroit contenir tout ce que j'ai blanchi.

LA ROCHE.

Vos pratiques font donc nombreufes ?

OLIVE.

Dieu-merci ;
J'ai l'honneur de blanchir les plus gros de la Ville,
Même Monfieur Griffon.

JASMIN.

Pefte, il en vaut un mille
Lui feul.

OLIVE.

C'eft un Fermier.

JASMIN.

Nous le fçavons fort bien.
J'efpere que fon linge honorera le mien ;
Car je veux vous donner auffi ma chalandife.
Voyons s'il eft bien blanc. Quoi ? de la marchan-
Des toilles de Hollande ? Ah ! ah !　　　(dife ?

OLIVE.

Mes bons Monfieurs !

LA ROCHE.

Saisissons, saisissons.

OLIVE.

Helas! mes bons Seigneurs!
Je tâche d'obliger les honnêtes personnes;
Et si vous connoissiez les deux belles mignonnes,
Pour qui c'est, sans chagrin vous me lairriez passe

JASMIN.

Pourroit-on le sçavoir?

OLIVE.

He...

JASMIN.

Sans vous offenser.

OLIVE.

Oui-dà, Monsieur, ce sont deux aimables lingeres,
Qui tiennent leur boutique au buisson des Bergeres,
Prés le Palais.

LA ROCHE à part.

O ciel! c'est ma femme & sa sœur.

OLIVE.

Elles sont toutes deux si pleines de douceur,
Et viennent fort souvent me voir à Cornillane,
Avec Monsieur Griffon & Monsieur Santillane.

LA ROCHE à part.

Ah! qu'entens-je?

OLIVE.

Plaît-il? quoi, les connoissez-vous?

LA ROCHE.

Non pas; mais dites-moi, qu'y font-elles?

OLIVE.

Chez nous?

Ils mangent du poisson cuit à la matelotte.
Quelquefois ces Monsieurs...

LA ROCHE.

Reprenez vôtre hotte

Et passez vîte.

E iiij

LA RAPINIERE,

JASMIN.

Mais. .

LA ROCHE.

He, laiſſez-la paſſer;
Car auſſi bien, ces gens vont nous embaraſſer.

JASMIN.

Hon...

SCENE V.

DORANTE, ISABELLE, FERNAND, BEATRIX.

DORANTE.

OU donc eſt ma ſœur ? pourquoi l'as-tu quitrée ?
Dis-moi.

BEATRIX.

Monſieur, elle eſt toute déconcertée :
Vôtre oncle a déclaré qu'il veut la marier.

FERNAND.

La marier ? à qui ?

BEATRIX.

J'oſe bien parier
Tout ce que j'ai vaillant, qui n'eſt pas fort grand choſe,
Que vous ne nommez pas le parti qu'il propoſe,
Dans un mille à choiſir dans l'un & l'autre Etat.

FERNAND.

Par la mort, ſi quelqu'un par un tel attentat,
Oſe à mes yeux...

BEATRIX.

Tout doux, & daignez vous contraindre.
Monſieur, ſans vous flatter, cét homme eſt fort à craindre,

Au moins,
FERNAND.
Quand il feroit un Céfar, un Roland.

e veux…
BEATRIX.
Vous n'oferez lui parler qu'en tremblant.
FERNAND.
Qui moi ? je tremblerois pour quelqu'un ?
BEATRIX.
Oui fans doute :

Déja vous l'avez fait plus d'une fois.
FERNAND.
Ecoute,

Ne me fais pas languir davantage, dis-moi
Le nom de ce rival qui donne tant d'effroi,
Tu verras de quel air, & de quelle maniere
Je l'ajufterai.
BEATRIX.
C'eft Monfieur la Rapiniere

Lui-même.
FERNAND.
Ah! de quel coup viens-tu de m'accabler?
BEATRIX.
N'avois-je pas bien dit, qu'il vous feroit trem-
bler.
ISABELLE.
Quoi donc, vous fouffririez ?…
DORANTE.
Non, non, laiffez-moi faire,

J'ai ce qu'il faut tout prêt, pour rompre cette af-
faire ;
Je vous dirai bien plus, je prétens que demain
Léonore & Fernand fe donneront la main.
FERNAND.
Ah ! qui peut obliger un ami fi fidelle,
A prendre tant de foins ?

DORANTE.

La charmante Isabelle.
J'en ai fait mon affaire, & je vous ai promis,
Que nous serions parens, comme parfaits amis.

FERNAND.

Mais, comment avez-vous conduit tout ce mistere ?

DORANTE.

Avec le bon secours d'un honnête Notaire,
Quoi qu'il passe entre nous, pour un peu scélérat,
A qui j'ai ce matin, fait dresser un Contract,
Entre vous & ma sœur ; j'en ai fait faire un autre,
Sur du même papier, & tout semblable au vôtre,
Entre Monsieur Jasmin & Dame Béatrix
Que voilà...

BEATRIX.

Vous voulez égayer vos esprits,
Sans doute, & marî-t'on les gens, sans qu'on leur
dise ?
Les hommes, par ma foi, sont une marchandise,
Qu'il faut voir plus d'un jour, avant que l'ache-
ter.

DORANTE.

Béatrix, jusqu'au bout, veuille donc m'écouter.
Il faudra que ma sœur, pour Jasmin te demande
En mariage.

BEATRIX.

Bon, la fortune est fort grande.

DORANTE.

Sans doute en sa faveur, il y consentira ;
Puis vous verrez un tour qui vous divertira.

BEATRIX.

Mais, Monsieur, n'est-ce point de ces tours que
Jeandéve
Pratiquoit à Paris. ils y sentent la Greve
Terriblement, ici, les Galeres au moins.

DORANTE.

Bon, nous seuls en serons les acteurs & témoins.
D'ailleurs je vous répons, qu'il n'osera s'en plaindre:
De secretes raisons l'obligent à me craindre :
Je sçai certain commerce ; enfin sans m'expliquer,
C'est que je le perdrois, s'il osoit m'attaquer.

FERNAND.

Quelles graces, ami, ne dois-je pas vous rendre,
Pour ce qu'ici pour moi, vous voulez entrepren-
    dre ?
Et combien devez-vous, ma sœur, à vôtre tour,
Reconnoître les soins d'un si fidele amour ?
Que ne ferez-vous pas ?...

ISABELLE.

             Si la main d'Isabelle
Peut dignement payer un amour si fidele.
Si mon cœur peut enfin, le contenter assez,
Ses feux, quand il voudra, seront récompensez,
Par inclination & par reconnoissance,
J'en ressens dans ce cœur le charme & la puissance,
Et je rougis bien moins d'en faire un libre aveu,
Que d'avoir sçû jamais le mériter si peu.

DORANTE.

Madame...

BEATRIX.

    He, vous sçavez bien mieux que vous ne
dites.

ISABELLE.

Quoi, donc ?...

BEATRIX.

    Retirez-vous, je voi ses satellites,
Qui ne vous lairront pas jaser commodément.

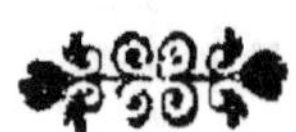

SCENE VI.

JASMIN, LA ROCHE.

JASMIN.

VOici quelque fraudeur de droits, assurément,
Que ce vinaigrier avecque sa broüette.
Il nous faut visiter son baril & sa boette.

LA ROCHE.

Ne feignons point, s'il passe, à nous jetter dessus.
Je le voi qui s'avance.

SCENE VII.

JASMIN, LA ROCHE, MASCARILLE
déguisé en vinaigrier.

MASCARILLE *criant.*

AU vinaigre, au verjus.
Reposons-nous un peu. *

LA ROCHE.

　　　　　La peste, qu'il me tarde,
Qu'il ne soit avancé, pour l'arrêter.

MASCARILLE *criant.*

　　　　　　　Moutarde.

JASMIN.

Passe-donc, mon ami, que diable fais-tu là ?
Prétens-tu demeurer long-têms comme cela ?
Vois-tu pas qu'aux passans tu bouches le passage ?

　* *Il se met à travers la porte.*

MASCARILLE *se rangeant d'un cote.*

Je veux me repofer.

LA ROCHE.

Sans jafer davantage ,

Paffe , ou retourne.

MASCARILLB.

Mais...

LA ROCHE.

Mais laiffe en liberté ,

Pour entrer & fortir , l'un & l'autre côté.

MASCARILLE.

Vous avez , fans mentir , tous deux l'humeur bien
aigre.

C‚a voyons , paffons donc , *criant* , au verjus , au vinaigre.

JASMIN.

Arrête , qu'as-tu là , voyons un peu.

MASCARILLE.

Plaît-il ?

JASMIN.

Ouvre-nous promptement ta boette & ton baril ,
Sinon , d'un coup de pied , d'abord je les enfonce.

MASCARILLE.

Vous êtes , par ma foi , courtois comme une ronce;
J'ai paffé mille fois , fans qu'on m'ait arrêté.

LA ROCHE.

Tu pafferas , aprés qu'on t'aura vifité.
* Ah , ah , vous l'entendez , ô vendeur de moutar-
de.
Vous vous fiez , qu'ici jamais on ne prend garde
A des gens comme vous. La pefte ! le beau fruit.

MASCARILLE.

Quoi , Meffieurs , vous voulez confifquer ?...

JASMIN.

Point de bruit.

* *Aprés avoir ouvert la boette & le baril.*

Si tu fais seulement la moindre résistance,
La prison est tout prés, & gare la potence.
Confitures, liqueurs, fruits, biscuits, macarons.

LA ROCHE.

Dieu sçait, comme tantôt nous nous en donnerons.

JASMIN.

Portõs dãs le Bureau le baril & la boette. *à la Roche.*
Nôtre bõté te fait grace de la broüette. *à Mascarille.*

MASCARILLE.

Comment ?

JASMIN.

Si nous faisions tous deux nôtre devoir,
Nous la confisquerions. Adieu, jusqu'au revoir.
Je te veux bien encor rendre ce bon office,
En ami.

MASCARILLE.

Je m'en vai me plaindre à la Justice :
Vous êtes des voleurs, voleurs de grand chemin.

LA ROCHE.

C'est Monsieur de la Roche & Monsieur du Jasmin,
Qui t'ont fait cet outrage, afin qu'il t'en souvien-
ne.
Va, sauve-toi, de peur que l'on ne te retienne :
Déja je te devrois avoir fait arrêter,
Admire la bonté que j'ai, de t'écouter.

SCENE VIII.

LA ROCHE, JASMIN.

LA ROCHE.

QUe dit nôtre Patron d'une telle capture ?

JASMIN.

Il est ravi, sa niéce admire l'avanture,

La

La Compagnie en rit , & la Collation
Ne pouvoit mieux venir , qu'en cette occasion.
LA ROCHE.
Le pauvre Moutardier, à l'heure qu'il est, tremble.
JASMIN.
Oui sans doute. Ils vont tous se promener ensemble,
Et viendront , disent-ils , tantôt à leur retour ,
Se divertir icy sur le déclin du jour.
Monsieur la Rapiniere est d'une humeur charmante.
LA ROCHE.
Quelque chose pourtant le gehenne & le tourmente,
Et je suis bien trompé , si ce ris apparent
Ne cache dans son ame un chagrin devorant.
JASMIN.
Pourveu qu'avec serment, ici tu me promettes,
De garder le secret entre nous...

SCENE IX.

JASMIN , LA ROCHE , LA FLEUR *en*
vendeur d'allumettes.

LA FLEUR *criant.*

ALlumettes
Seches pour les fusils, allumettes.
JASMIN.
Il faut
Arrêter celuy-ci, n'est-ce pas ?
LA ROCHE.
Oui , bien-tôt,
Quand il sera passé.
JASMIN.
S'il void qu'on le regarde,

F

Peut-être plus rufé, que l'homme à la moutarde,
Il n'avancera pas.
####### LA FLEUR.
à part.   Voici mes algoüafils.
criant. Voilà pour les fufils, les fufils, les fufils.
Allumettes. *parlant.* Meffieurs, faut-il point d'al-
lumettes.
####### LA ROCHE.
Non l'ami, mais il faut qu'ici tu nous permettes
De voir, de vifiter dans tes poches, par tout.
####### LA FLEUR.
Ma foi, Meffieurs, voyez, foüillez, de bout en
bout;
Vous ne trouverez rien fur moi, de contrebande,
Qu'une trifte mifere & pauvreté bien grande.
Mais du moins ce n'eft pas vice que pauvreté.
He bien, Meffieurs, par tout m'avez-vous vifité?
Pour gagner cette vie, ah! que de maux l'on fouffre.
M'en irai-je?
####### LA ROCHE.
Oui, va-t'en.
####### JASMIN.
Mais à propos, le foulphre
Doit-il pas quelque droits? & comme bois quarré,
Une allumette en doit auffi?
####### LA ROCHE.
Tres-affuré
Qu'elle en doit. Quelquefois, lorfqu'une affaire eft
graffe,
Et qu'on y gagne, on peut y faire quelque grace;
Mais dans ce bois quarré, qu'on a fi fort outré,
Et par malheur encor, où je fuis empêtré,
Tout paye: & dans ce mal, que le fort nous en-
voye,
Nous faifons, comme fait un homme qui fe noye,
Nous nous prenons à tout.

LA FLEUR.

Mais je n'ai point d'argent.

LA ROCHE.

Rens la boette.

LA FLEUR.

He ! Monfieur, foyez plus indulgent.

LA ROCHE *regardant dans la boette.*

Qu'eft-ce donc que cela ?

LA FLEUR.

Monfieur, c'eft de la méche
De mon invention, préparée & bien feche.
Voulez-vous, par plaifir, voir comme elle prend
   feu,
Au moindre coup de pierre ?

LA ROCHE.

Oui-dà, voyons un peu.

LA FLEUR *bas à Jafmin.*

Il n'attend pas, fans doute, une telle tempête.

LA ROCHE.

Ah! bon Dieu, quel fracas ! * Arrête.

JASMIN.

Arrête, arrête.

   * *Le feu prend aux petards qui font dans la boette.*
La Fleur s'enfuit, & les Commis courent aprés.

Fin du troifiéme Acte.

ACTE IV.

SCENE PREMIERE.

FERNAND, LEONORE, BEATRIX.

FERNAND.

J E touche enfin, Madame, au mo-
    ment bienheureux,
Qui doit finir ma peine & com-
    bler tous mes vœux ;
Grace aux généreux soins d'un
    bon ami, d'un frere,
Nous trompons les efforts d'un tuteur trop sévere ;
Et malgré les soupçons dont il est agité,
Je puis enfin, vous voir en toute liberté.
Jusqu'en ce jour chez vous renfermée & contrainte,
Je ne vous ay pû voir, ni vous parler qu'en crainte,
Et je benis du sort ce coup inespéré,
Qui me fait un ami d'un rival déclaré.

LEONORE.

Quoi que dans ce dessein, que l'amour vous sug-
    gere,
Vous soyez appuyé de l'aveu de mon frere ;
Quoi que vôtre mérite & cet amour constant,
Exigent de mon cœur cet effort important ;

Je ne souffrirois pas qu'une indigne surprise,
Eût part dans le succés d'une telle entreprise,
Si le bizare amour de mon propre tuteur,
Ne me faisoit en lui voir un persécuteur.
J'ai sur le point d'honneur, trop de délicatesse,
Pour vouloir écouter ce qui sent la bassesse,
Et c'est ce même honneur, qui me fait l'approuver,
Puisqu'il ne pouvoit pas autrement se sauver.
Ce que d'un tel dessein je puis encor vous dire,
C'est que comme l'on doit, de deux maux fuir le
     pire,
Il m'est bien moins honteux, de faire cet effort,
Que de voir un brutal disposer de mon sort.

FERNAND.

Madame, je connois par cet aveu sincere,
Que vous déférez tout à l'amitié d'un frere,
Et que sans le projet d'un hymen odieux,
Vous n'auriez pas sur moi daigné tourner les yeux.
Je ne voi rien en vous, que crainte & complaisance;
Peut-être avec chagrin souffriez-vous ma présence,
Et que vous n'acceptez, que par occasion,
Ma main, pour fuir l'objet de vôtre aversion:
La vôtre aveuglément peut-être s'abandonne...

LEONORE.

Vous reconnoissez mal le secours que je donne
Au bizare dessein, que vous avez formé.

FERNAND.

Je crains avec raison, de n'être pas aimé.
Le ciel vous a traittée avec tant d'avantage;
Il m'a donné si peu de mérite en partage;
Et je connois si bien vôtre esprit noble & fier,
Que cela suffit trop, pour me justifier.

LEONORE.

Le retour est galant, j'en admire l'adresse.
Ce n'est donc pas assez vous marquer ma tendres-
    se.

Et ce que j'entreprens, est donc pour vous trop peu,
Si ma bouche, à vos yeux, n'en fait encor l'aveu.
C'est prendre sur mon cœur un assez grand empi-
      re,
Et je n'aurois pas crû que vous...
                    BEATRIX.
                              Est-ce pour rire,
Que vous faites les fiers tous les deux, tour à tour?
Et doit-on féchement traitter ainsi l'amour ?
                    FERNAND.
Tu vois comme son cœur s'explique par sa bouche.
                    BEATRIX.
Faut-il qu'ainsi pour rien, le vôtre s'effarouche ?
                    LEONOR.
Tu vois, comme il l'a pris d'un ton plein de fierté.
                    BEATRIX.
Et pourquoi montrez-vous si peu de fermeté ?.
                    FERNAND.
En acceptant ma main, elle paroît forcée.
                    BEATRIX.
Vous êtes fou, je croi, d'avoir cette pensée.
                    LEONORE.
Il me cherche querelle exprés, pour m'insulter.
                    BEATRIX.
Rien moins ; enfin tous deux voulez-vous m'écou-
      ter ?
                    FERNAND.
Je connois son dessein.
                    LEONORE.
                              Je comprens le mistere.
                    BEATRIX.
Si vous parlez toûjours, je n'ai dònc qu'à me taire.
                    FERNAND.
Parle, voyons comment tu pourras l'excuser.
                    LEONORE.
Dis, & voyons dequoi tu pourras m'accuser.

BEATRIX.

Vous vous rendez tous deux aujourd'hui ridicules,
Vous, par vos vains soupçons, vous, par vos sots
    scrupules.
Moi qui n'ai point de fier ni d'honneur à garder,
Sans qu'il m'en coûte rien, je veux vous accorder.
Madame, en premier lieu, vous avez tort, son
    ame
Expliquoit assez bien le beau feu qui l'enflamme,
Vous pouviez dans ses yeux voir son empressement,
Et vous deviez sans doute, y répondre autrement.
Sans chercher le secours de vôtre rhétorique,
Pour étaler les droits d'un devoir chimérique.
Chaque têms a ses soins ; dans une autre saison,
Vous auriez eu peut-être un peu plus de raison.
Vous avez tort aussi, vous, il falloit attendre,
Elle vous auroit dit quelque chose de tendre,
Peut-être, vous deviez l'écouter en repos,
Et ne pas l'interrompre ainsi mal à propos.
Vous avez repliqué d'un air sec & farouche,
En lui coupant d'abord la parole à la bouche,
Et vous avez aprés, tâché de replâtrer
Ce que de sotte humeur vous veniez de montrer.
Ainsi vous vous alliez broüiller l'un avec l'autre ;
Avoüez vôtre erreur, & vous aussi la vôtre.
Ça me promettez-vous d'oublier le passé,
Et de donner les mains au dessein commencé,
Sans delai, sans chagrin, & sans contrainte aucune ?

FERNAND.

J'y consens.

LEONORE.

Volontiers.

BEATRIX.

    Poussez vôtre fortune,
Cela vaut fait, allez.

SCENE II.

DORANTE, ISABELLE, FERNAND, LEONORE, BEATRIX.

ISABELLE.

HE bien, partirons-nous ?
LEONORE.   (vous.
Oui, quand il vous plaira, l'on n'attend qu'aprés
DORANTE *à Fernand.*
Je vous ai vû tantôt en grande conférence
Avec nôtre tuteur, voyez-vous apparence
De pouvoir avec lui faire société ?
FERNAND.
Sans doute, & de sa part je l'y voi tout porté.
L'intérêt l'ébloüit, j'ai sçû lui faire accroire,
Aprés un long récit d'une bizare histoire,
Dont j'ai feint de lui faire un secret important,
Que j'étois des emplois ici tres-mal content :
Qu'on y voyoit en tout triompher l'injustice,
Que j'avois fait dessein de quitter le service,
De sortir de l'Etat, & d'aller engager
Mon bras dans l'intérêt d'un Etat étranger,
Et que pour ce sujet, faisant un tour en France,
Je cherchois quelque endroit, pour mettre en assû-
    rance
Quatorze mil écus, qu'on m'avoit remboursez,
Et que mon peu de soin n'avoit pas replacez,
Dans mon entêtement de quitter l'Italie :
Qu'aprés avoir traitté mon dessein de folie,
Vous-même aviez été contraint d'y consentir,
Et malgré vos raisons, de me laisser partir :

Que vous m'aviez juré qu'il eſtoit le ſeul homme
Où je pourrois laiſſer ſûrement cette ſomme,
Et que de têms en têms, vous vous chargiez du ſoin,
De me faire tenir de l'argent au beſoin.

          DORANTE.

Sans parler d'intérê ?

          FERNAND.

              En pas une maniere.

          ISABELLE.

He bien, qu'a répondu Monſieur la Rapiniere ?

          FERNAND.

Ce que l'on ne pourroit jamais s'imaginer,
A moins qu'être ſçavant en l'art de deviner.
Il a fait devant moi l'homme de conſcience,
M'a fort remercié de tant de confiance,
Et m'a dit, que picqué de généroſité,
Il vouloit y répondre auſſi de ſon côté,
Dans l'ardeur dont alors ſon ame étoit ſaiſie.
Moi j'ai crû, le voyant ſi plein de courtoiſie,
Que durant tout le têms que je ſerois abſent,
Il m'alloit propoſer tout au moins dix pour cent
D'intérêt, comme on fait entre les gens d'affaires.
Mais inſenſiblement tombant ſur les Notaires,
Qui prennent un tribut, pour garder de l'argent,
J'ai pour vous m'a-t'il dit, le cœur plus obligeant,
Et pour vous faire voir, que je ſuis honnête homme,
Faites quand vous voudrez, apporter vôtre ſomme,
Je vous la garderai ; revenez tard ou tôt,
Je n'en demande pas un ſol, pour le dépôt.

          DORANTE.
Bon.   FERNAND.

         Puis je vous donner un plus ſûr témoignage,
Que je ſuis vôtre ami ?

          DORANTE.

             L'obligeant perſonnage !

Mais le voici, ſongez à faire vôtre cour.

SCENE III.

LA RAPINIERE, DORANTE, ISABELLE, FERNAND, LEONORE, BEATRIX.

LA RAPINIERE *à ses Com-*
mis en sortant.

QUe la collation nous attende au retour.
Il faut bien que ce soir se sente de la fête]
Qu'on prépare demain.

ISABELLE.

La compagnie est prête,
Monsieur, & l'on n'attend qu'aprés vous, pour partir.

LA RAPINIERE.

Allons, qu'on se dispose à se bien divertir,
Et que chacun de vous me suive & me seconde.

BEATRIX *à part.*

Miracle ! l'on va voir bien-tôt la fin du monde :
Les prodiges déja paroissent.

LA RAPINIERE.

A propos,
Il faut qu'à mes Commis je dise encor deux mots.
Allez toûjours devant, je vous suis.

SCENE IV.

LA RAPINIERE *seul.*

QUelle gehene !
De faire le plaifant contre fon gré , la peine
Paffe , felon mon goût , le plaifir de bien loin.
Mais on doit quelquefois fe contraindre au befoin.
Il faut bien qu'il m'en coûte aujourd'hui quelque
    chofe ,
Pour parvenir au but, que mon cœur fe propofe ;
Et pour ne perdre pas le fruit de mon préfent ,
Je dois jufques au bout me montrer complaifant.
Je fçai que Béatrix , avec beaucoup d'adreffe ,
Tourne comme il luy plaît , l'efprit de fa maî-
    treffe ;
Ainfi , quand je confens à fon hymen , je croi,
Qu'en travaillant pour elle , elle agira pour moi.
Je voi qu'elle a déja difpofé Léonore
A m'écouter fans peine , & m'a promis encore ,
Pour prix de mes bontez , qu'au plus tard dans de-
    main ,
Elle la refoudroit à me donner la main.
Cela m'oblige à faire ici quelque dépenfe ;
Mais enfin , tout bien-fait demande récompenfe ;
Et quand on ne peut pas faire ce que l'on veut ,
Il faut bien malgré foi, vouloir ce que l'on peut.
Inftruifons nos Commis de ce qu'ils ont à faire.

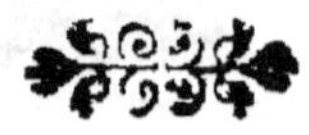

SCENE V.

LA RAPINIERE, JASMIN, LA ROCHE.

JASMIN.

Voilà Monsieur Féal, Monsieur.

LA RAPINIERE.

Qui ?

JASMIN.

Le Notaire.

LA RAPINIERE.

Qu'il dresse le Contract toûjours, en attendant.

JASMIN.

Monsieur j'en prendrai soin.

LA RAPINIERE.

Vous autres cependant,
Redoublez vôtre ardeur & vôtre vigilance.

JASMIN.

Je le dois par devoir & par reconnoissance ;
Mais j'y suis plus porté par inclination,
Que...

LA RAPINIERE.

Je ne doute point de vôtre intention,
Vous m'en avez déja donné quelque teinture.

JASMIN.

Je rends un bien reçû, toûjours avec usure.
Ordonnez, commandez, parlez, je suis tout prêt.

LA RAPINIERE.

Il est de certains droits, où j'ai grand intérêt,
Et que je voudrois bien, qu'on payât à la porte.

JASMIN.

Voyons.

LA RA-

LA RAPINIERE.
Pourriez-vous pas enfemble, faire enforte,
Par vôtre fçavoir-faire, ici que nos bourgeois
Payaffent de l'entrée entiérement les droits.
JASMIN.
Ouï-dà, nous le pouvons, & j'en ferai le plege.
LA RAPINIERE.
Vous fçavez comme moi, qu'ils ont le privilege
De pouvoir faire entrer tous les vins de leur cru,
Sans nous payer le gros, & qu'ils l'ont maintenu,
Malgré tous les efforts & la vigueur extreme,
Des Fermiers précédens. Monfieur Griffon lui-
    même,
Qui n'eut jamais d'égal en matiere d'impôts,
N'a fçû donner encor d'atteinte à leur repos.
Je m'en fuis pourtant fait à moi-même une affaire,
Et pour y réüffir, voici ce qu'il faut faire.
Lorfque leur vin arrive, ou par terre, ou par eau,
Il faudra renvoyer d'abord au Grand Bureau,
Les Voituriers, Roaliers ou Bâteliers, n'importe,
Les faire aprés, long têms attendre à vôtre porte;
Difant que leurs acquits ne font pas comme il faut,
Qu'ils y retournent, puis les remettre à tantôt;
Enfin les fatiguer tant, que la patience
Leur échape. On en peut faire l'expérience,
Seulement par plaifir. Je gage affûrément,
Que ne pouvant long-têms fouffrir ce traittement,
Ils aimeront bien mieux, pour fe tirer de peine,
Payer le droit entier.
JASMIN.
            La chofe eft tres-certaine,
Monfieur, n'en doutez point, à la fin ces bourgeois
Se lafferont d'aller & venir tant de fois.
Et pour éternifer un jour vôtre mémoire,
Le fuccés éclatant d'un coup fi plein de g'oire,
Sans doute fervira d'exemple à nos neveux.
            G

LA RAPINIERE *à la Roche.*

Vous , comprenez-vous bien auſſi ce que je veux ?

LA ROCHE.

Oui Monſieur.

LA RAPINIERE.

Soyez ſeur que je ſerai fidele
A bien récompenſer l'ardeur de vôtre zele ;
Et pour vous délivrer de tout ſujet d'ennui
Que je ferai pour vous , plus encor que pour lui.
Mais au moins pour me plaire , il ne faut pas qu'on
    dorme ,
Souvenez-vous-en.

SCENE VI.

JASMIN, LA ROCHE.

LA ROCHE.

ZEſte , attendez-moi ſous l'orme.

JASMIN.

Qu'eſt-ce donc , nôtre ami , vous voilà tout rêveur.

LA ROCHE.

Je rirois comme vous , ſi j'étois en faveur ;
Mais les honnêtes gens doivent craindre les traîtres.

JASMIN.

Hem ?

LA ROCHE.

Les derniers venus , ma foi , feront les maîtres.

JASMIN.

A qui donc mon ami , prétendez-vous parler ?
Plaît il , eſt-ce à nous ?

LA ROCHE.

Oui , pour ne le point celer.

Et je vói qu'aujourd'hui l'on tâche à me détruire,
Pour l'amour d'une...
JASMIN.
Quoi ? hem ?
LA ROCHE.
Je ne veux pas dire ;
Mais je ne voudrois pas de faveur à ce prix.
Suffit.

JASMIN.
Entendez-vous parler de Béatrix ?
Peut-elle contre vous ?...
LA ROCHE.
Je ne nomme perſonne ;
Elle eſt jeune, commode, enfin on vous la donne,
Suffit...

JASMIN.
Je n'entens point ; mais enfin, entre nous,
Sans chaleur & ſans fiel, de grace expliquez-vous.
Ceſſez de me tenir ſi long-têms en cervelle ;
Qu'avez-vous remarqué, qui vous parle contr'elle ?
LA ROCHE.
Rien. Vous aurez ici ſans doute, un logement ?
On vous y meublera le bel appartemenr,
Qui void ſur le jardin. Cela ſera commode,
Comme une chambre baſſe, & pour être à la mode
Tout-à-fait, envers vous on ſera libéral,
On vous fera bien-tôt Controlleur général.
Vous irez viſiter les Bureaux de recepte,
Et vos gages ſeront payez ſur ſa caſſette.
Pendant que vous irez viſiter ces Bureaux,
Le Patron amoureux donnera des cadeaux ;
Comme étant du logis, vôtre femme avertie
Sans doute bien ſouvent, ſera de la partie,
Et pour en augmenter encore la douceur,
Le bon Monſieur Harpin y joindra vôtre ſœur.
Elles ſont toutes deux...

JASMIN.

Tu penses donc infame,
Qu'elles sont toutes deux de l'humeur de ta femme?
Qui pour te conserver la vie & ton emploi,
Pour ton Monsieur Griffon travaille comme toi.
Tu crois donc que chacun doive être de naissance,
A fléchir sous le joug d'une indigne puissance ?
Et que pour un Emploi, qu'un ami fait donner,
L'honneur si lâchement se doit abandonner ?
Non, non, jusques ici j'ai vêcu sans reproche ;
Si j'étois, comme on dit, enfant du côté gauche,
Je pourrois n'avoir pas de parens déclarez ;
Mais Dieu merci, j'en ai d'assez considérez ,
Pour n'avoir pas besoin, qu'on me fasse en cachette,
Donner obliquement, ou controlle, ou recepte ;
Et pour m'y maintenir, je n'userai jamais
De criminels moyens , comme on sçait que tu fais.
Car enfin, entre nous, dis-moi, qui fut ton pere ?
Te l'a-t'on jamais dit ? as-tu connu ta mere ?
As-tu frere ? as-tu sœur ? oncle, tante, cousin ?
Non ; mais pour tous parens tu connois ton parrain,
Et de fait, je le croi l'unique & le plus proche.
Ce parrain t'a donné le surnom de la Roche,
C'est le nom du Village , où tu reçûs le jour.

LA ROCHE.

Village , parlez mieux.

JASMIN.

Et bien , Village ou Bourg.
A l'âge de six ans , Monsieur la Rapiniere
Te mit en pension à l'école d'âniere ,
Pour te faire Docteur, & puis quatre ans aprés,
A Madame Griffon , te donna pour Laquais ,
Quand il eut trouvé jour de s'établir à Genes ;
Puis aprés bien du têms, & des soins , & des peines,
Monsieur Griffon te prit , tu le servis trois ans ,
Encor comme Laquais ; ensuite au bout du têms,

Tu fus Valet de chambre ; enfin pour récompenfe,
On te fit époufer la Demoifelle Hortenfe ,
Qui fervoit à la chambre , en tout bien , tout hon-
neur ,
Et tantôt à Madame., & tantôt à Monfieur :
La Dame Olive en a d'affez bons témoignages ;
On lui donna pour dot , pour préfens , pour fes ga-
ges ,
Cet emploi que j'exerce-ici de Controlleur :
Depuis, pour l'amour d'elle, on t'a fait Receveur...
Mais voici quelque fourbe , avec fa barbe noire ;
J'acheverai tantôt à loifir ton hiftoire :
J'en fuis, comme tu vois , paffablement inftruit.

LA ROCHE.

Faifons nôtre devoir , je n'aime point le bruit.

SCENE VII.

JASMIN, LA ROCHE, MASCARILLE
en Savoyard boffu.

MASCARILLE *faifant un faux pas.*
IL n'eft fi bon cheval , qui quelquefois ne choppe.
JASMIN.
Arrête, qu'as-tu là , jeune & moderne Efope ?
MASCARILLE.
Ne le voyez-vous pas de refte , ce que j'ai ?
J'ai ce dont je voudrois être bien déchargé.
LA ROCHE.
Mais où vas tu, dis-nous, avec ton gros nez rouge ?
MASCARILLE.
Meffieurs, je ne vais point , vous voyez, je ne bouge.
JASMIN.
D'où viens-tu ?

MASCARILLE.

D'où je viens ?

JASMIN.

Oui.

MASCARILLE.

D'où je suis parti.

LA ROCHE.

Mais sçais-tu qu'on te peut faire un mauvais parti ?
Et que nous t'apprendrons à parler d'autre sorte ?

MASCARILLE.

Je sçai bien le respect, que doivent à la porte,
Les Voituriers, Roulliers, Muletiers & Mar-
　chands ;
Mais quant à moi, qui suis un pauvre homme des
　champs,
Je dis nargue de vous, je m'en ris & m'en gausse.

JASMIN.

Oui, ma foi, beau rieur, vous montrerez la bosse.
Allons donc, pourpoint bas.

MASCARILLB.

Quoi, me battre en duel?
Non, non, je ne veux point me rendre criminel,
La Loi nous le deffend sur peine de la vie.

LA ROCHE

Non, nous n'en avons point, non plus que toi, d'en-
　vie.

JASMIN *découvrant la fourberie.*

Ha, ha, fourbe apposté, vous joüez de ces tours ?
Ha, ma foi, vous irez prisonnier dans les tours.

MASCARILLE *s'enfuyant.*

Oui, zeste.

SCENE VIII.

JASMIN, LA ROCHE.

LA ROCHE.

Les beaux poincts !

JASMIN.

Ce sont des poincts de France.

à part. Voila bien dequoi faire un présent d'impor-
tance
A la niéce.

LA ROCHE *à part.*

Ma foi cela me tente fort.
Mais comment diable faire, étant si mal d'accord
Avec ce Controlleur : lui faire confidence
De mon dessein, seroit à moi grande imprudence.
Cependant l'intérêt unit souvent des gens,
Qui voudroient s'être ailleurs mangez à belles dens.
Avant que lui parler, il faut que je l'appaise.

SCENE IX.

JASMIN, LA ROCHE, LA FLEUR en *Apoticaire.*

JASMIN *à la Fleur.*

Qu'avez-vous là-dessous, Monsieur, ne vous
déplaise ?

LA FLEUR.

Là-dessous ? j'ai ce dont vous n'avez pas besoin.

JASMIN.

Voyons.

LA FLEUR.

Laissez Monsieur, vous prenez trop de soin:
Nos Jurez seuls ont droit de visiter nos drogues.

LA ROCHE.

On traitte mal ici les gens qui sont si rogues.
Et quel homme êtes-vous, pour refuser ainsi ?...

LA FLEUR.

Je m'appelle Monsieur Sanson Cacarossi ,
Fils aîné de Monsieur Cacarossi mon pere ,
Pharmacien fameux.

JASMIN.

C'est un Apoticaire.

LA FLEUR.

Je porte ici, Messieurs, un clistere anodin ,
Ainsi qu'hier l'ordonna Monsieur le Médecin ,
Pour un pauvre Marchand d'ici prés , bien malade.

JASMIN.

Mais le miel doit des droits , est-ce pas Camarade?

LA ROCHE.

En pouvez-vous douter ?

LA FLEUR.

Le miel ?

LA ROCHE.

Assûrément ;
Donnez cinq sols, sinon rendez le lavement.

LA FLEUR.

Oui-dà, tres-volontiers ; * tenez gardes-barriere ,
Vous en aurez , ma foi , par devant , par derriere ,
Par le haut , par le bas , & de tous les côtez.

LA ROCHE.

Ah ! le traître , voilà tous mes habits gâtez.

* *Il leur tire le lavement.*

Fin du quatriéme Acte.

ACTE V.

SCENE ·PREMIERE.

JASMIN, LA ROCHE,

·JASMIN.

O N , ne craignez de moi jamais vengeance aucune ,
Je ne garde pour vous , ny haine , ny rancune :
J'oublie avec plaisir toutes vos fausserez ,
Puisque vous accordez toutes mes véritez.
Tel que fut un César , dont l'auguste mémoire
S'est par tout répanduë avecque tant de gloire ,
Je veux à la clémence aussi m'abandonner ,
,, Et ne veux que l'honneur de vaincre & pardon-
     ner.
Un ennemi soûmis est mon vainqueur lui-méme.

LA ROCHE.

J'admire avec plaisir cette douceur extreme ;
Et pour m'en acquitter ainsi que je le doy ,
Je prétens augmenter les gains de vôtre employ ,
Autant que vous voudrez : il ne faut que s'entendre ,
Et vous verrez jusqu'où nous pourrons les étendre.

Quand on vous donneroit par an , trois cens écus,
Voyons , que pouvez-vous épargner là-deſſus ?
Ca , ne nous flatons point, jamais un galant hom-
    me
Peut-il s'entretenir d'une ſi mince ſomme ?
Peut-on voir ſes amis , & manger avec eux ?
Il faudroit donc toûjours être fait comme un gueux,
N'avoir que des habits de droguet & de ſerge ,
Sinon , aller manger à la petite auberge ,
A cinq ſols par repas. Tandis qu'effrontément
Vôtre femme occupant un bel appartement ,
Sans vous , à vôtre front fera côurir grand riſque :
Pour manger tous les jours la poularde & la biſque,
Pour porter le brocard , le ſatin , le velours ,
Dantelles , franges d'or , & mille autres atours,
Avoir meubles dore juſques à l'antichambre ,
Et juſqu'à ſes ſouliers , ſentir le muſc & l'ambre ;
Sçaura ſe ménager un galant obligeant ,
Qui fournira pour vous , l'ordinaire & l'argent.

JASMIN à part.

Où donc doit aboutir ce te belle morale ?

LA ROCHE.

Vôtre femme à ſon tour , ſe montrant libérale ,
Fera de vôtre honneur litiere à ſes écus ;
Je vous laiſſe à conclure à préſent là deſſus.

JASMIN.

He bien , pour éviter ce mal , que faut-il faire ?

LA ROCHE.

Il faut avoir dequoi fournir à l'ordinaire ,
De ſon chef, ſans s'attendre à la bourſe d'autrui.

JASMIN.

Helas ! combien void-on de maris aujourd'hui ,
Qui fourniſſent dequoi faire une ample dépenſe ,
Et ſont par leurs moitiez , trahis pour récompenſe.
Si femme belle & pauvre , eſt un mal dangereux ,
La laide & riche en eſt encor un plus affreux :

Et de ces deux malheurs, quoi que vous puissiez
      dire,
A mon sens, le dernier me semble être le pire.
L'une pour le besoin, attire des chalands,
L'autre pour le plaisir, entretient des galants ;
Et faisant toutes deux même chose en cachette,
L'une vend les douceurs, & l'autre les achette.
En peu de mots, voilà les hazards de ce têms.
J'en voi, qui du premier paroissent fort contens :
En effet, le profit en fait la différence.

LA ROCHE.

Voulez-vous me donner un moment d'audience,
Et profiter du têms favorable pour nous ?

JASMIN.

Volontiers, ça voyons, quel secret avez-vous,
Pour pouvoir aisément vous tirer de la presse ?
Vous sçavez le métier, vous avez de l'adresse ;
Mais le Patron n'est pas si facile à tromper.

LA ROCHE.

Bon, c'est bien d'aujourd'hui, que j'ai sçû l'attra-
      per.
De nos nouveaux Fermiers la damnable avarice,
Ne nous fait-elle pas une grande injustice,
En nous ôtant le tiers de nos appointemens,
Des contraventions, nos frais, nos logemens ?
Et pourquoi voulez vous, que cruel à soi-même,
On souffre impunément cette rigueur extreme ?
Et que nous ne puissions, lorsqu'on nous le retient,
Reprendre par nos mains ce qui nous appartient ?
On ne fait en cela, que se rendre justice.

JASMIN à part.

Le fripon, qui voudroit me rendre le complice
De son larcin.

LA ROCHE.

              Je sai certain tour de métier,
Qui nous vaudra du moins cen écus par quartier,

A chacun, & cela sans scrupule & sans crainte.

JASMIN.

Tout de bon ?

LA ROCHE.

Sur ma foi, je vous parle sans feinte.

JASMIN.

Jamais dans les emplois fut-il plus grand fripon? *à*
He bien, quel est ce tour ?　　　　　　　　　　*part.*

LA ROCHE.

C'est le tour du bâton.

JASMIN.

Ce tour a quelquefois fait faire un tour de Ville.

LA ROCHE.

Cela peut arriver, quand on est mal-habile.
Mais quand on s'entend bien, le Fermier le plus fin
Ne sçauroit découvrir ce que l'on fait : enfin,
Dites, le voulez-vous ?

JASMIN.

Moi ? j'en serois bien aise;
Mais le peril... par fois...

LA ROCHE.

Vous voyez cette chaise ;
Arrêtez-la.

JASMIN.

Comment ?

LA ROCHE.

Arrêtez, vous dit-on.

JASMIN.

Oui, mais... gare l'endosse & le tour du bâton.
Car...

LA ROCHE.

Si vous avez peur, prenez en main la sonde.

SCENE

SCENE II.

LA ROCHE, JASMIN,
LE ROTISSEUR *en Marquis*
dans une chaise.

LA ROCHE *aux porteurs.*

Arrêtez.

LE ROTISSEUR.

Quoi, marauts ? arrête-t'on le monde,
Sans raison, de la sorte ? assommez-les, porteurs.

JASMIN *tremblant.*

Nous sommes, Monseigneur, tous deux vos servi-
teurs,
Et nous ne voulons pas vous faire ici d'outrage.

LE ROTISSEUR.

Coquins !

JASMIN.

Nôtre devoir à cela nous engage ;
Enfin c'est seulement par curiosité.

LE ROTISSEUR.

Comment donc ? arrêter les gens de qualité.
Marche, marche.

LA ROCHE.

Bas, bas.

LE ROTISSEUR *découvert.*

Ah ! maudite canaille.

JASMIN.

Il est de tous côtez entouré de volaille,
Et pour sa garniture, il n'a que du gibier.

LA ROCHE.

Bon, c'est un rotisseur.

H

JASMIN *d'un ton fier.*

Sans te faire prier,
Allons, bas le pacquet, sinon...

LE ROTISSEUR.

Messieurs, de grace,
Je suis noble Genois, je reviens de la chasse,
Et j'ai chez moi ce soir, bien des gens à souper.

LA ROCHE.

Contes en l'air, en vain tu prétens nous tromper :
Nous te connoissons bien.

JASMIN.

Vîte la bandoliere.

LE ROTISSEUR.

Quatre ducats pour vous....

LA ROCHE.

Souvent à la priere
D'un honnête homme, on fait quelque chose.

LE ROTISSEUR.

Tenez.

LA ROCHE *à Jasmin.*

Hé bien, qu'en dites-vous ? n'ai-je pas eu bon nez ?
Deux pour vous, deux pour moi. Monsieur la Ra-
Vient. Bouche close, au moins.   (piniere

JASMIN.

Suffit, je sçai me taire.

SCENE · III.

LA RAPINIERE, DORANTE, JASMIN.

LA RAPINIERE.

OUi, je l'aurois osé moi-même parier,
Qu'on ne m'auroit jamais vû me remarier :

Pour jamais à l'hymen j'avois fait banqueroute,
A cause de l'argent qu'une femme nous coûte ;
Mais les charmans appas de vôtre aimable sœur,
Me l'ont représenté tout rempli de douceur.
J'enverrai dés ce soir à Rome en diligence,
Pour en faire venir promptement la dispense ;
Cependant, l'on pourra faire tous les apprêts.

DORANTE.

Monsieur, si l'on m'en croid, on fera peu de
    frais.
Que servent entre nous, tant de cérémonies,
Ce faste, ce fracas, toutes ces compagnies,
Qu'à faire dépenser sottement de l'argent.
Pour moi, je ne voi rien de plus extravagant,
Que de se rendre ainsi de la coûtume esclaves.
En est-on moins époux, pour être un peu moins
    braves ?
Le Contract seroit-il sans force & sans vertu,
Si l'on n'y mangeoit pas à bouche que veux-tu ?
Et quand on a chez soi les choses nécessaires,
A quelle fin aller chercher tant de misteres ?
à part. Je feins, pour l'endormir, de donner dans
    son sens.

LA RAPINIERE *l'embrassant.*

Je reconnois mon sang, au discours que j'entens.
Allez, vous n'êtes pas le fils de vôtre pere,
C'étoit un dépensier : l'esprit de vôtre mere
Vous inspire aujourd'hui ces sages sentimens,
Sans doute, & j'en connois les justes mouvemens.
Mais vôtre sœur peut-être, aura d'autres pensées.

DORANTE.

Les femmes d'aujourd'hui sont toutes insensées
En effet, & leur faste est à tel poinct monté,
Qu'on ne peut y fournir.

LA RAPINIERE.

Oui, c'est la vérité.

H ij

Car plus vous leur donnez , plus elles vous demau-
　　dent ,
Prêtes à recevoir toûjours , jamais ne rendent.
DORANTE.
Vous serez sur ce poinct pleinement satisfait :
Léonore qui void ce que vous avez fait ,
Et ce que vous allez encor faire pour elle ,
Du moins pour Béatrix , sa chere , sa fidelle ,
Tout son Conseil enfin , jamais ne manquera ,
De faire aveuglément tout ce qu'il vous plaira.
LA RAPINIERE.
Tout de bon ? croyez-vous que ce petit service ,
Me puisse dans son cœur rendre un si bon office ?
DORANTE.
Sans doute , & cette fille , à ce que chacun dit ,
S'est acquis , auprés d'elle un tout puissant crédit.
LA RAPINIERE.
S'il est ainsi , ce soir j'aurai dequoi lui plaire ,
Dorante sans tarder , achevons cette affaire ,
Allez , devancez-les , & les faites hâter :
Cependant, je vais faire ici tout apprêter.

SCENE IV.

LA RAPINIERE, JASMIN.

LA RAPINIERE.

CA , Monsieur du Jasmin , héros de nôtre fête,
　Dont l'amour court la poste , & dont l'hymen
　　s'aprête ,
Peut-on vous dire un mot , sans vous être ennuyeux?
JASMIN.
Oui-dà , Monsieur , je suis tout oreilles , tout
　　yeux ,

Tout mains , tout pieds , tout cœur, pour vous ie.-
dre service.
Commandez , il n'est rien pour vous que je ne
fisse.
Pourriez-vous n'être pas satisfait de mes soins ?

LA RAPINIERE.

Si fait.

JASMIN.

Je viens, Monsieur, de saisir certains poincts,
Qui vous en donneront encor plus d'assurance.

LA RAPINIERE.

Des poincts d'Espagne ?

JASMIN.

Non , ce sont des poincts de France,
Des ouvrages tout faits , sçavoir un grand peignoir,
Avecque la cornette , un tablier , un mouchoir,
Des manchettes , enfin toute la garniture
D'une Dame.

LA RAPINIERE.

Voilà certes une avanture,
Que je ne puis assez admirer, & je croi,
Que l'amour aujourd'hui, s'est déclaré pour moi.

JASMIN *à part.*

Bon , comme si l'amour se mêloit de maltôte.

LA RAPINIERE.

Je n'avois jamais vû de recepte si haute ,
Ny jamais tant saisir de choses en un jour.
Tout rit à mes desseins , tout flatte mon amour ;
Enfin , un tel bonheur me surprend , je l'avouë.

JASMIN *à part.*

Le fat, qui ne void pas que c'est un jeu qu'en jouë.

LA RAPINIERE.

Avez-vous fait ici préparer ce qu'il faut ,
Pour ce soir ?

JASMIN.

Oui Monsieur, le Notaire est là-haut,

Du moins son Maître-clerc.

LA RAPINIERE.

Et pourquoi non lui-même ?

JASMIN.

Il a fort attendu ; mais le péril extreme,
Où se trouve un malade en ce même moment,
L'a pressé de sortir , pour faire un testament.
Cependant, pour ôter tout sujet de dispute,
Il a voulu dresser lui même la Minute
Du Contract.

LA RAPINIERE.

C'est pour vous, en êtes-vous content ?

JASMIN.

Oui , Monsieur.

LA RAPINIERE.

C'est assez.

JASMIN.

Il m'a dit en sortant ,
Qu'on n'avoit qu'à signer, & qu'étant sans conteste,
Son Clerc en son absence, acheveroit le reste.

LA RAPINIERE.

Et la collation ?

JASMIN.

Tout est prêt , pain, vin , fruits ,
Confitures , liqueurs, massepains & biscuits,
Enfin tout ce qu'on a saisi sur la broüette ,
Soit dedans le baril , ou bien dedans la boette.

LA RAPINIERE.

Quoi tout ?

JASMIN.

Oüi tout.

LA RAPINIERE.

Parbleu , vous vous mocquez de moi,
Et voulez aujourd'hui me ruïner, je croi.

JASMIN.

Vous ruiner, Monsieur ?

LA RAPINIERE.
Sans doute.
JASMIN.
Dieu m'en garde.
N'eſt-ce pas aux dépens du crieur de moutarde,
Ou du moins de celui qui l'en avoit chargé ?...
LA RAPINIERE.
Bon, je vous ſuis peut-être, encor fort obligé,
D'avoir ſçû découvrir un fourbe qui me trompe.
On doit donc célébrer vôtre accord avec pompe ?
Vôtre raiſonnement certes, me fait pitié.
Allez, retranchez-en tout au moins la moitié.

SCENE V.

LA RAPINIERE ſeul.

CEs petits Meſſieurs-cy, qui n'aiment que la
    joye,
Voudroſent du cuir d'autrui, faire large couroye,
Et diſſiperoient tout d'une prodigue main,
Sans ſonger à garder rien pour le lendemain.
Mais voici de retour toute la Compagnie.

SCENE VI.

LA RAPINIERE, DORANTE, LEONORE, FERNAND, ISABELLE, BEATRIX.

LEONORE à Fernand.

ON ne peut trop loüer vôtre galanterie :
Le tour en est plaisant, autant que singulier.

FERNAND.

Il est vrai ; mais ce tour n'est pas fort cavalier,
Madame, il sent un peu son suppôt de gabelle.

LEONORE.

Fernand, l'invention en est d'autant plus belle.
C'étoit le seul moyen...

LA RAPINIERE.

Venez, je vous attens.
Nos deux amans seront conjoints dans peu de têms,
Et j'en fais mon plaisir, pour vous rendre contente:
Tout est prêt.

LEONORE.

Le succés passera mon attente,
Et si vous achevez, comme vous commencez,
Vous m'allez obliger plus que vous ne pensez.

LA RAPINIERE.

L'on m'a dit à quel poinct Béatrix vous est chere.

BEATRIX.

Vous me tenez tous deux lieu de pere & de mere.
On me l'avoit bien dit, que les secours divins
Suivoient toûjours de prés les pauvres orphelins.
Heureux ! qui met en eux sa plus ferme espérance,
Monsieur, ne jugez pas de moi sur l'apparence,

Vous connoîtrez un jour, avec plus de clarté,
Celle que vous servez avec tant de bonté.
LA RAPINIERE.
Je vous croi de famille & de haut parentage ;
Mais le sort vous a fait un tres-méchant partage :
Servir, assûrément est un métier fâcheux.
DORANTE *à part.*
Bien des gens l'ont trouvé pourtant avantageux.
BEATRIX.
Quiconque a comme moi, la conscience bonne,
Aimer encor mieux servir, que de voler personne.
FERNAND.
Nous vous allons, Monsieur, laisser ma sœur & moi,
Achever vôtre accord en liberté.
LA RAPINIERE.
Ma foi,
Vous en serez tous deux : la collation prête
Vous invite là haut d'assister à la fête.
Et signant au Contract en qualité d'amis,
Vous ferez l'un & l'autre, honneur à mon Commis,
Cette fête sans vous, ne seroit pas entiere.
FERNAND.
Je ne puis refuser rien à vôtre priere.
Dorante est mon ami, je croi que c'est à lui
Que je dois tout l'honneur qu'on me fait aujour-
d'hui ;
Il sçait ce qu'hier au soir je luy promis de faire.
Cela suffit.
ISABELLE.
On croid ne faire qu'une affaire
Souvent, & quelquefois on en fait deux ou trois.
LA RAPINIERE.
Il est vrai, cela m'est arrivé quelquefois.
ISABELLE.
Oui ? cela pourroit bien vous arriver encore ;
Et j'en prens à témoins Dorante & Léonore.

Vous en pourrez sçavoir des nouvelles demain.

LA RAPINIERE.

Nous le verrons, Dorante, appellez du Jasmin,
Et qu'il fasse ici bas descendre le Notaire.

LEONORE bas.

Béatrix, jusqu'au bout soûtiens ton caractere.

BEATRIX bas.

Allez, laissez-moi faire, il est pris comme un sot.

LA RAPINIERE.

Qu'est-ce cy, Béatrix ? quoi, vous ne dites mot ?
Vous devez toûjours rire, en l'état où vous êtes.

BEATRIX.

Et sçavons-nous, Monsieur, nous autres pauvres
  bêtes,
Ce que nous allons faire en signant un Contract?
Tel croid faire un beau coup, qui souvent prend un
  rat.
Quand on y réüssit, c'est grand coup d'avanture.

SCENE VII.

LA RAPINIERE, FERNAND, LEONORE, DORANTE, ISABELLE, JASMIN, BEATRIX, LE CLERC du Notaire.

LE CLERC.

Monsieur, desirez-vous entendre la lecture
De ce présent Contract ?

LA RAPINIERE.

Je le lirai, donnez.

LE CLERC.

Comment ? est-ce Monsieur, que vous me soupçon-
nez ?

Vous ne fçauriez me faire un plus fenfible outrage.

LA RAPINIERE.

Non ; mais je ne me fie aux gens, que fur bon gage :
Et j'en ferois autant à l'homme le plus faint,
Quand il s'agit d'écrire & d'appliquer mon feing.
Je fçai trop les bons tours, qu'on fait avec la plume.

LE CLERC.

Ce procédé, Monfieur, offenfe la coûtume ;
Et fi Monfieur Feal étoit lui-même ici,
Il feroit mal content fans doute, de ceci :
Et je fuis affuré, qu'il en fera fa plainte.

LA RAPINIERE.

Soit, mais quand j'aurai lû, je fignerai fans crainte ;
Sans cela, mon ami, je ne fignerai rien.

LE CLERC.

Tenez Monfieur, lifez. *à Dorante & Fernand*, Meffieurs, cela va bien.

DORANTE *à Fernand*.

Sçavez-vous bien pourquoi, pendant la promenade,
Le Notaire eft forti ?

FERNAND.

C'eft pour quelque malade.

DORANTE.

Non ; mais c'eft pour avoir, dit-il, lieu d'ignorer,
Qu'on ait furpris quelqu'un, & d'en pouvoir jurer,
Au befoin.

FERNAND.

C'eft bien dit.

DORANTE.

Ce Clerc qui fçait l'affaire,
La fera réüffir, mieux qu'il n'auroit pû faire :
Cachant vôtre Contract, il montrera le leur...

ISABELLE.

Par avance, je ris dans le fond de mon cœur,
De l'apparent fuccés d'une telle avanture.

LE CLERC *à la Rapiniere.*

En avez-vous, Monſieur, fait entiere lecture ?
Plaît-il ?

LA RAPINIERE.

Oui, je l'ai lû deux fois de bout en bout.

LE CLERC.

He bien, que vous en ſemble ?

LA RAPINIERE.

Il eſt fort à mon goût.

Il eſt dreſſé ſelon la coûtume & l'uſage,
Et l'un & l'autre y trouve un égal avantage.
Futurs époux, ſignez.

JASMIN.

Nous ſçavons trop, Monſieur,
Ce que les ſerviteurs doivent à leur Seigneur,
Pour commettre envers vous une faute ſi grande.

LA RAPINIERE.

Ah ! ſignez.

BEATRIX.

Mais Monſieur...

LA RAPINIERE.

Mais je vous le commande,

Oüais.

JASMIN.

En tout autre fait, nous vous obéïrons.

BEATRIX.

Quand vous aurez ſigné, Monſieur, nous ſignerons,

LA RAPINIERE *au Clerc*

Dites-moi, ces reſpects ſont-ils de la coûtume ?

LE CLERC.

Oui Monſieur, par honneur...

LA RAPINIERE.

Donnez-moi donc la plume,

Puiſque c'eſt l'ordre ; * bon, elle eſt tombée à bas.

* *Le Clerc laiſſe exprés tomber la plume, en la preſentant à la Rapiniere ; & pendant que celui-ci la ramaſſe, l'autre met un autre Contract en la place de celui qui étoit ſur la table.* Peſte

Pefte du mal-adroit.
LE CLERC.
Monfieur, ne bougez pas.
LA RAPINIERE *aprés avoir figné.*
Etes-vous fatisfaits ?
JASMIN.
Oüi, Monfieur, & de refte.
LA RAPINIERE.
Allons donc, fignez tous, dépêchez, prefte, preftez
BEATRIX.
Que j'ai fujet, Monfieur, de me loüer de vous !
Fernand & Léonore s'en vont avec le Clerc, qui em-
porte le Contract.
LA RAPINIERE.
Léonore vous donne aujourd'hui cét époux.
BEATRIX.
Avant qu'il foit trois jours, en revanche j'efpere,
Qu'elle s'en pourra voir un par mon miniftere.
LA RAPINIERE.
J'attens avec ardeur ce bien de vos bons foins.
BEATRIX.
Souvent pour ne rien dire, on n'en penfe pas moins.
Si vous fçaviez, Monfieur, ce qu'auprés de Madame,
J'ai fait pour vous...

SCENE VIII.

LA RAPINIERE, DORANTE, ISABELLE, JASMIN, BEATRIX, LA ROCHE, UNE PAYSANE
avec un grand panier.

LA ROCHE.
JE viens de faifir cette femme,

Avec ce grand panier plein d'œufs frais.

LA RAPINIERE.

Mal-adroit,

Dites donc qu'ils font vieux , finon je perds mon
droit.

C'eft un poinct qu'a reglé l'Office de Saint George.

LA PAYSANE.

Prend-on ainfi , Monfieur , les femmes à la gorge?
Si j'avois été feule , & fans témoins , je croi
Qu'il auroit entrepris quelque chofe fur moi.
Quel homme !

LA RAPINIERE.

On ne fait point ici de violence

A perfonne.

LA ROCHE.

Et pourquoi faites-vous refiftance ?

LA PAYSANE.

On ne doit point de droits ici , pour des œufs frais;
Et de mémoire d'homme, on n'en paya jamais.

LA RAPINIERE.

On vous dit qu'ils font vieux.

LA PAYSANE.

Vieux ? oui , d'une journée.

Et j'en apporte ainfi pendant toute l'année.

LA RAPINIERE.

Combien en avez vous? C'eft la mon intérêt.

LA PAYSANE

Treize.

LA RAPINIERE

Il fuffit , allez, ils font vieux par arrêt.
Nous les tenons nouveaux , jufques à la douzaine;
Mais s'ils excedent , vieux.

LA PAYSANE

Que le diable t'entraine.

Sauvons nous. *à part.*

DORANTE. *à Fernand.*

Il entend moins les raisons, qu'un sourd.
LA RAPINIERE.
Mais la Roche, voyons: Ce panier est bien lourd.
Ce double fond sans doute y cache quelque chose.
La fortune à mon gré, de ses trésors dispose.
Ah! c'est assurément quelque etoffe de prix.   *a*
Un enfant! comment donc?
BEATRIX.
                          Le voila bien surpris.
LA RAPINIERE.
La Roche, allez, courez aprés cette vilaine.
JASMIN.
Monsieur, vn œuf si gros vaut plus d'vne douzaine,
Il doit payer les droits.
LA RAPINIERE.
                     C'est vn tour qu'on me fait.
ISABELLE.
Mais Monsieur, j'apperçois ce me semble, vn billet.
Peut-être pourrons nous en découvrir le pere.
LA RAPINIERE.
Sans doute, ça voyons, expliquons ce Mistere.
Peut-être sans raison, je me suis allarmé.
Ah Ciel! dans mes soupçons je suis trop confirmé.
ILLIT,
J'ay trouvé l'adroite maniere
De rendre ce qu'on m'a donné:
Le pere de ce nouveau né
Est Monsieur de la Rapiniere.

L'effrontée!
DORANTE.
Il le faut nourrir.
LA RAPINIERE.
                     Ouy? Nous verrons
Tantôt plus à loisir, ce que nous en ferons.
Où donc est vôtre sœur? Où donc est vôtre frere,
Madame?

a Il se trouve un enfant dans le panier.   I ij

ISABELLE.

Ils font fortis avecque le Notaire,
Et viennent de monter en caroffe tous trois.

LA RAPINIERE.

En caroffe? ma niece? Ah Ciel ! quoy donc les droits,
Que fur elle, en mourant m'avoit laiffez fa mere,
Seront impunément violez ?

DORANTE.

Ce Miftere
Se peut facilement expliquer entre nous.

LA RAPINIERE.

He , Comment ?

DORANTE.

Léonore eft avec fon époux:

LA RAPINIERE.

Son époux ? Et qui donc ?

DORANTE.

Fernand.

LA RAPINIERE.

Ciel ! quel fupplice !
Ah ! perfide neveu , Vous en êtes complice :
Et vous m'avez exprés, leurré d'vn vain efpoir,
Afin de m'éblouïr & mieux me decevoir,
Quoy ? la religion d'vne prudente mere…
Qui fait vn teftament. . fa volonté derniere…
Qui doit être facrée… Ah Ciel !.. Vn fcélérat…

DORANTE.

Mais vous avez figné vous même leur Contract.

LA RAPINIERE.

Leur Contract ?

DORANTE.

Ouy Monfieur.

LA RAPINIERE.

He ! quand donc ?

DORANTE.

Tout à l'heure.

LA RAPINIERE.

Ouy, d'entre Dujasmin & Beatrix.

DORANTE.

Je meure.

Si vous n'avez signé celuy d'entre Fernand
Et Léonore.

LA RAPINIERE.

Oh Dieu! je connois maintenant,
Que je suis pris pour dupe. Ah! malheureux faussaire!
Fourbe, traître, assassin, sacrilege Notaire!
Tu màs joüé sans doute, vn tour de ton mêtier.
Mais ma foy, je te vais poursuivre sans quartier,
Et tu seras pendu, comme tu le mérites.

DORANTE.

Monsieur, pensez vous bien à tout ce que vous dites?
C'est moy qu'il faut punir, si l'on punit quelqu'vn.

LA RAPINIERE.

Parbleu, je prétens bien n'en excepter pas vn :
Je vous feray tous sept pendre devant ma porte.

ISABELLE *en riant.*

Vostre dépit Monsieur, vn peu loin vous emporte.

LA RAPINIERE.

Quoy donc? impunément, je verray dans vn jour,..
Enlever ma Maistresse ... insulter mon amour,..
M'apporter vn enfant, .. quil faut que je nourrisse..
Non, non, je vais porter ma plainte à la justice.
Je ne suis pas d'humeur à passer pour vn sot,
Et je ferai punir les Autheurs du Complot.
Ou bien, si sur ce point la justice me manque,
Je vais mettre demain, tout mon bien à la Banque,
Et deussiez vous tous deux cent fois en enrager,
Me faire vn héritier, qui puisse me vanger.

DORANTE.

Faites, je vous crains peu; je vous mets à pis faire.

SCENE DERNIERE.

DORANTE, ISABELLE, JASMIN, BEATRIX,

SABELLE.

Dorante, allons trouver voftre fœur & mon frere.

DORANTE.

Allons, Madame.

JASMIN.

Allons, Ma chere Beatrix,
Tu dois de mes travaux être le digne prix.
C'eft vn gain affez grand, pour vn petit controlle.

BEATRIX.

Allons, les gens de bien doivent tenir parole.

FIN.